외국인을 위한
사전에 없는 진짜 한국어 1

超人氣韓劇教你的實用韓文表達：秘密森林、太陽的後裔、孤單又燦
爛的神-鬼怪/南姞任、金鎮雄、宋賢珠、安義定、黃银霞作；龔苡瑄
譯. -- 初版. -- 臺北市：日月文化出版股份有限公司, 2022.03
　　面；　公分. -- (EZ Korea；38)
譯自：외국인을 위한 사전에 없는 진짜 한국어. 1
ISBN　978-626-7089-34-7（平裝）
1.CST：韓語　2.CST：讀本
803.28　　　　　　　　　　　　　　　111000738

EZ Korea 38

超人氣韓劇教你的實用韓文表達——
秘密森林、太陽的後裔、孤單又燦爛的神—鬼怪

作　　　者：南姞任、金鎮雄、宋賢珠、安義定、黃银霞
譯　　　者：龔苡瑄
編　　　輯：李映周
校　　　對：李映周、郭怡廷、龔苡瑄
版型設計：曾晏詩
內頁插畫：AIMAI昧昧
內頁排版：唯翔工作室
封面設計：卷里工作室
韓文錄音：吉政俊、鄭美善
錄音後製：純粹錄音後製有限公司
行銷企劃：陳品萱

發 行 人：洪祺祥
副總經理：洪偉傑
副總編輯：曹仲堯
法律顧問：建大法律事務所
財務顧問：高威會計師事務所

出　　　版：日月文化出版股份有限公司
製　　　作：EZ叢書館
地　　　址：臺北市信義路三段151號8樓
電　　　話：(02) 2708-5509
傳　　　真：(02) 2708-6157
網　　　址：www.heliopolis.com.tw
郵撥帳號：19716071日月文化出版股份有限公司

總 經 銷：聯合發行股份有限公司
電　　　話：(02) 2917-8022
傳　　　真：(02) 2915-7212
印　　　刷：中原造像股份有限公司
初　　　版：2022年3月
定　　　價：350 元
I S B N：978-626-7089-34-7

超人氣韓劇
教你的 實用韓文表達

秘密森林、太陽的後裔、孤單又燦爛的神－鬼怪　♥ ➤ •••

南姑任　金鎮雄　宋賢珠　安義定　黄银霞——著
龔苡瑄——譯

線上音檔

使用說明：①掃描 QRcode
→②回答問題
→③完成訂閱
→④聆聽書音檔

前言

　　因應韓流的影響，全球對於韓劇與 K-POP 的關注已延續多時，韓劇持續佔據 Netflix 與微博的電視劇人氣排行榜以及全世界對於 BTS 等 K-POP 偶像的狂熱現象更可謂是韓流的文藝復興。即使全世界都如此關注韓國文化與韓國人的日常生活，但關於韓國文化與韓國人日常對話的學習資料卻仍十分匱乏，學習者最唾手可得的字典僅能提供「單字」等級的知識，而教材則著重書面體，因此，若想學習實際口語對話或韓劇中經常出現的日常用語，對韓語學習者而言實屬不易。本書的企劃意圖在於彌補字典與教材的缺陷，從不同電視劇中挑選韓國人高度使用的日常表現，並以字典形式列出，提供學習者參考。

　　從本書的書名《超人氣韓劇教你的實用韓文表達：秘密森林、太陽的後裔、孤單又燦爛的神－鬼怪》便可得知，此書的特徵可概括為以下三點。第一，本書列出的 100 個語句為韓劇中經常登場、韓國人「照三餐」使用，但尚未登錄於字典的用語，主要收錄如「배가 불렀구나（賺夠了）、한 번 죽지 두 번 죽냐（人不會死第二次）、짠하자（乾

杯吧）、됐고（算了）、멍 때리다（發呆）」等「句子」單位且並未被收錄於現有字典或教材的用語。第二，書中生動有趣的例句皆來自近年播映，並在海外獲得廣大迴響的電視劇台詞，研究團隊從 Netflix 與微博的超人氣排行榜中選出三部韓劇，並將其中實際出現的對話編入例句。第三，本書為系列書企劃之一，《超人氣韓劇教你的實用韓文表達：機智醫生生活、雖然是精神病但沒關係、愛的迫降》已於 2021 年 5 月在韓國出版，筆者團隊希望這一系列的書籍能讓韓語學習者透過韓劇中的用語熟悉韓國語言文化，幫助大家不依靠字幕就能欣賞韓劇。

本書的目標讀者為平常愛看韓劇，想從韓劇學習日常韓語的中高級學習者，藉由本書的幫助，學習者將能透過韓劇習得各式各樣的韓語表現與文化，再者，學習者不只能學到該用語的相關詞彙及文法，還能接觸有關談話情境的豐富韓國文化風俗；另外，有意將韓劇故事融入日常用語與文化的教學者也是我們的目標讀者之一，教師們可使用本書作為主要或輔助教材，針對韓語口語教學將有相當大的幫助。

本書集結了語料庫語言學者、字典學者，同時也是韓劇熱血粉絲們的熱情，筆者團隊在觀看、分析各自喜愛的韓劇後，經過努力地撰寫才得以讓此書問世。感謝慶北大學語言情報研究中心的徐恩英、安眞山、吳善姈、李秀眞、玄英熙教授，他們在出書過程中一同參與製作 YouTube 影像學習資料並思考如何實際運用；另外也要感謝讓我們自由使用《秘密森林》劇本的李秀妍編劇以及編劇協會的金銀淑與金元碩編劇；最後更要在此感謝即使出版過程遇到劇本著作權、內頁插圖等多重難題，卻仍理解我們的著書旨意，爽快答應出版的韓國文化社社長金珍洙、次長趙正欽，以及擔任編輯的金姝悧。

南姑任集結所有筆者之意 代筆

目次

Part 2　태양의 후예 [太陽的後裔]

Part 3 도깨비 [孤單又燦爛的神——鬼怪]

Part 1
비밀의 숲 [秘密森林]

《秘密森林1》在 2017 年於 tvN 電視台播映，為編劇李秀妍之作品。劇情內容描述幼年因手術失去情感能力的獨行俠檢察官－黃始木，以及正義又暖心的刑警－韓如珍，上述兩人一同調查殺人案背後真相的故事。《秘密森林》主角的職業為檢察官，檢察官能主導調查並將犯人送進法庭，所以經常出現在犯罪電影或電視劇。雖然此劇的故事主軸為男主角偶然發現案發現場並追查嫌犯的過程，但在《秘密森林》中更值得觀眾聚焦的，則是韓國社會的弊病。此劇揭發了韓國社會的政界、財閥、媒體無時不刻不為了共謀個人利益而無視法律秩序的現象。在劇中我們可看見財閥為了鞏固自身財富，試圖逃避法律制裁的樣貌，並且不僅是政界及媒體，甚至連執法的檢察官都予以協助。這告訴我們，若韓國的社會結構無法改變，那麼即使法律能揭發個人罪行，也難以實踐真正的正義；此外，《秘密森林》已於 2020 年推出第二季。

《秘密森林》第 1 集　　　🎧 001

고양이한테 쥐를 맡기려고 하겠어 ?

怎麼可能把老鼠交給貓呢 ？

用　　語	고양이한테 쥐를 맡기다
相似用語	고양이한테 생선을 맡기다、고양이한테 { 쥐를 / 생선을 } 주다
釋　　義	（若把老鼠託付給貓，則貓會對老鼠為所欲為）比喻把事情交付給不可信任者的狀況。

📺 **劇中會話** ....

동재　그러니까 제가 맡아서…

창준　황시목이 바보야 ? 고양이한테 쥐를 맡기려고 하겠어 ?

동재　제가 왜 고양이입니까 ?

창준　누구 앞에서 딴청이야 ?

東載　所以您就把這案子交給我……

昌俊　你以為黃始木是傻瓜嗎 ？他會把老鼠交給貓嗎 ？

東載　我怎麼會是貓呢 ？

昌俊　你這是在誰面前裝傻啊 ？

說明

　　「고양이（貓）」跟「개（狗）」或「쥐（老鼠）」在韓國俗諺中經常出現，較為常見的例子有以「고양이와 개（貓和狗）」比喻互相討厭的關係，或以「고양이 쥐 생각하다」表示貓表面上為老鼠著

想，實際上卻覬覦老鼠、打算傷害老鼠。除此之外，還有「고양이 앞의 쥐」，表示遇到害怕的對象，動彈不得的狀況。一般來說，相較「고양이한테 쥐를 맡기다」而言，韓國人更常使用「고양이한테 생선을 맡기다（把魚託付給貓）」，然而不論是「쥐」或「생선」都是「고양이」能任意傷害或捉來吃的對象，因此「고양이한테 { 쥐를 / 생선을 } 주다（{ 把老鼠 / 魚 } 交給貓）」的意義相近。

例句

----

❶ 믿지 못할 친구에게 돈을 맡기는 것은 고양이한테 쥐를 맡기는 것과 같아요 .
把錢交給不信任的朋友，就跟把老鼠託付給貓一樣。

❷ 비리가 많은 공무원에게 중요한 일을 맡기는 것은 고양이한테 쥐를 맡기는 격이다 .
把重要的工作交給手腳不乾淨的公務員，就等於把老鼠託付給貓。

補充說明

딴청
和現在進行中的狀況毫無關聯的行動，常以「딴청을 피우다」、「딴청을 부리다」的形式使用，另外「딴전」為其相似用語。

《秘密森林》第 1 集

내가 진짜 뭐가 씌어서

我真的是被鬼遮眼

用　語	뭐가 씌다
變　化	뭐가 { 씌어서 / 씌었나 / 씌었다 }
釋　義	（眼睛被某樣東西蒙蔽）難以做出正常的判斷。

📺 **劇中會話** ⋯⋯⋯⋯⋯⋯⋯⋯⋯⋯⋯⋯⋯⋯⋯⋯⋯⋯⋯⋯⋯⋯⋯⋯

시목　순간적으로 눈이 뒤집힌 거죠 ? 우발적 살인 .

진섭　아녜요 . 그땐 벌써 죽어 있었어요 . 놀래서 나오는데 , 근데 옆
　　　　에 목걸이랑 그딴 게… 그러면 안 되는 거 아는데 ! 내가 진짜
　　　　뭐가 씌어서 ! 그치만 그게 다예요 .

始木　只是一時糊塗吧？臨時起意把他殺了。

鎮燮　不是的，那時候他早就死了，我被嚇到想跑出來，但剛好在旁
　　　　邊看到項鏈跟其他首飾……，我知道不該那麼做！我真的是被
　　　　鬼遮眼！但也只有這樣而已。

說明

　　「눈에 무엇이 (뭐가) 씌다」代表眼睛被「某樣東西」遮住的意思。
研究顯示人類獲得的資訊中，有 80% 是由感官中的視覺所獲得，這
也代表人類在做判斷時，眼睛會發揮最主要的角色，因此若眼睛被遮
住了，該如何做出合理的判斷呢？

💡 **參考** 大多在口語時使用。

例句

❶ 라면을 세 개를 주문하려고 했는데 , 실수로 세 박스를 주문했어요 . 날씨가 너무 더워서 제 눈에 뭐가 씌었나 봐요 .

我本來打算訂三包泡麵，結果失手訂成三箱，大概是天氣太熱害我瞎了眼。

❷ 피해자 보이스 피싱 사기를 당했어요 . 사기꾼을 믿다니 , 제가 눈에 뭐가 씌었었나 봐요 .

被害人 我被詐騙集團騙了，我竟然會相信騙子，我一定是瞎了眼。

경 찰 자 , 처음부터 자세히 말씀해 보세요 .

警 察 好，請你從頭仔細地說明。

補充說明

눈에 뒤집히다　被其他事情迷惑，到了無法做出正確判斷的程度。

우발적　預料之外、偶然發生的事，常以「우발적 사고（偶發事故）」、「범행을 우발적으로 저지르다（非計劃性地犯案）」的形式使用。

놀래서　「놀라서（被嚇到）」的錯誤寫法。「놀래다」代表「놀라게 하다（使人驚嚇）」，所以此處應使用「놀라서」才正確，但在口語中有時會見到以「놀래서」表達「놀라서」的狀況。

그치만　「그렇지만（雖然如此）」的縮寫，在前後狀況相反時使用，主要在口語時使用。

《秘密森林》第 1 集　　　　🎧 003

누구 앞에서 딴청이야 ?

你這是在誰面前裝傻啊 ?

用　　語	누구 앞에서 V
類似表現	누구 앞이라고 V、어느 안전이라고
釋　　義	（用來指責無禮的行為）竟敢在上層面前。

📺 **劇中會話** ▨▨

① **창준**　황시목이 바보야 ? 고양이한테 쥐를 맡기려고 하겠어 ?
　　동재　제가 왜 고양이입니까 ?
　　창준　누구 앞에서 딴청이야 ?

　　昌俊　你把黃始木當白痴嗎 ? 他會把老鼠託付給貓嗎 ?
　　東載　我為何是貓 ?
　　昌俊　你這是在誰面前裝傻啊 ?

② **창준**　너 나 날개 다는 거 막으려고 뒤로 동맹 맺었냐 ?
　　시목　저랑 동맹을 원하는 상대를 본 적이 없습니다만 .
　　창준　누구 앞에서 말장난이야 ?

　　昌俊　你為了阻止我向上爬，所以在背後跟別人結盟嗎 ?
　　始木　可是我從沒遇過有人想跟我結盟。
　　昌俊　你這是在誰面前耍嘴皮子啊 ?

說明

　　《秘密森林》中，地位較高的李昌俊次長檢察官在斥責後輩檢察官時曾多次使用此用語。劇中會話 1 就是他認為下屬徐東載檢察官在耍嘴皮子，因此責罵他，劇中會話 2 也是認定下屬黃始木檢察官回答不得體，因此斥責他。以上兩句皆使用疑問句，是為一種修辭法，用來強調絕對不該做出某項行為。韓語中有許多強調話者與聽者的年齡身分的說法，在韓國古裝劇中，若下人對上位者出言不遜，則會使用「감히 어느 안전이라고 제가 거짓말을 하겠습니까（在您的眼前，我怎敢說謊呢？）」，此句中的「어느 안전이라고（在誰的眼前）」也是相似用語。

💡 **參考** 用於口語中的疑問句，通常是上層對比自己年紀小或地位低的人所說的話。

例句

❶ 동료 1　지금 **누구 앞에서 반말이에요**？
　同事 1　你在誰面前說半語啊？
동료 2　아 , 죄송합니다 .
　同事 2　啊，非常抱歉。

❷ 감히 누구 앞에서 말을 함부로 하느냐？
　你怎麼敢在我面前胡言亂語？

補充說明

너 나 날개 다는 거 막으려고 뒤로 동맹 맺었냐 ?

這句話表示「你為了阻止我快速成功，而在我不知情的狀況下和別人站在同一陣線」，「날개를 달다（裝上翅膀）」代表狀況或能力變好的意思，「동맹（同盟）」則指兩個以上的個人或團體為了相同目的而約定做出相同的行動。

《秘密森林》第 1 集　　　　　　　🎧 004

수고하셨습니다 . 내일 봐요 !

辛苦了，明天見！

用　　語	수고하셨습니다
變　　化	수고했어 , 수고했어요
相似用語	수고 많으셨습니다
釋　　義	（「為了某件事花費心思」的意思）通常是道別時的問候語。

📺 **劇中會話**

은 수　수고하셨습니다 .
실무관　내일 봐요 !

恩 秀　辛苦了。
實務官　明天見！

說明

　　「수고하다（辛苦）」和字典中的意義「為了某件事花費心思」不同，在實際語言生活中經常做為問候語，而問候語的「수고하다（辛苦）」大致可分為三個種類。第一，職場業務或會議等結束後，用來向彼此道別的「수고하셨습니다 .（辛苦了）」，這也是最常見的用法。第二，打電話或到銀行臨櫃諮詢時，用來展開對話的「수고하십니다 .（辛苦了）」。最後，擁有親密關係者也會使用「오늘 하루도 수고 많았어 .（今天也辛苦了）」來問候彼此。然而，根據狀況不同，在較正式的場合中對長輩使用「수고하셨습니다 .」可能有失禮節，因

此必須小心使用。其他還有「수고 많으셨습니다」、「고생하셨습니다」、「애쓰셨습니다」、「노고가 많으셨습니다」等相似表現。

💡 **參考** 在口語時使用。

例句

- -

❶ (퇴근해서 집에 들어서는 가족한테) 왔어요 ? 오늘 하루도 수고했어요 .

（對剛下班回來的家人）回來啦？今天也辛苦了。

❷ **박과장** (회의를 마치고 인사를 나누며) 다들 수고 많으셨습니다 . 내일 뵐게요 .

朴科長 （會議結束後互相打招呼）大家辛苦了，明天見。

김대리 네 , 잘 들어가세요 .

金代理 是，路上小心。

이대리 네 , 수고하셨어요 . 내일 봐요 .

李代理 是，辛苦了，明天見。

《秘密森林》 第1集　　　　　　　　　🎧 005

잠시만요！

請等一下！

用　　語	잠시만
變　　化	잠시만요
相似用語	잠깐만, 잠깐만요
釋　　義	想請對方稍作等候時所說的話。

📺 **劇中會話**

시　목　기사분 몇 시에 오기로 했죠?

접수원　잠시만요! 아, 2시 방문이신데 아직 안 오셨나요?

始　木　師傅幾點會來？

總　機　請等一下！您2點要會客，他到現在還沒來嗎？

說明

　　「잠시만（요）（請等一下）」結合名詞「잠시（暫時）」與助詞「만（只）」，在正式通話、業務窗口或私人對話中皆被大幅使用，相似用語還有結合「잠깐（稍微）」與「만（只）」的「잠깐만요（稍等一下）」。另外，若想向陌生人提問、請求幫助或搭話時也可使用此句。

💡 參考　在口語時使用。

例句

❶ (전화에서 / 通話時)

직　원 안녕하세요 . 서비스 센터입니다 .
職　員 您好，這裡是客服中心。

고　객 안녕하세요 . 선풍기가 고장났는데요 .
顧　客 您好，我的電風扇故障了。

직　원 네 , 잠시만요 , 담당 부서를 바꿔 드리겠습니다 .
職　員 是，請稍等，為您轉接負責部門。

❷ **동료 1** 아 , 오후가 되니 졸리네요 .
同事 1 啊，到了下午就好睏喔。

동료 2 저도요 . 잠시만요 , 제가 커피 좀 타 가지고 올게요 .
同事 2 我也是。等一下喔，我去泡杯咖啡過來。

《秘密森林》第 1 集　　🎧 006

정 곤란하면 됐고 !

如果真那麼為難就算了！

用	語	V/A- 면 됐다
變	化	V/A- 면 { 됐고 / 됐어 / 됐다 / 됐네 }
釋	義	（如果是那樣的狀況）就可以不做，可以不用在意。

📺 **劇中會話**

서장　딱 하나만 묻자. 그때 그 8억 진짜 어떻게 된 거냐? 정말 중간에 배달 사고가 난 거야? 영 장관 오리발이야?

창준　아…

서장　정 곤란하면 됐고.

창준　영 장관이 돈이라는 걸 알고 상자째로 바로 돌려준 건 사실이야.

署長　我就問你一句，當時那 8 億最後怎麼樣了？送貨時真的出了事故嗎？是永長官在背後搞鬼嗎？

昌俊　啊……

署長　如果真那麼為難就算了。

昌俊　永長官知道那是錢之後，確實有把箱子退回來。

說明

「되다（成為）」是韓語中經常出現的動詞，使用方式多如「그는 자라서 선생님이 됐다.（他長大後成了老師）」或「한국에 온 지 3

년이 됐고…（來韓國 3 年了……）」，並以過去式「됐고 , 됐다（達到、成為）」出現，代表擁有某項職業地位或指經過一段時間。但是這場戲出現的「됐고（算了）」雖然形態和前述「되다（成為）」的型態相同，意義卻不一樣，代表如果對方是某種立場就不需要說明，或沒有說明的價值。

💡 **參考** 大多在口語時使用，僅用「됐고 , 됐네 , 됐다（算了）」等過去形式。

例句

❶ 시간 없으면 됐고 , 내가 혼자 할게 .
如果沒時間就算了，我自己來。

❷ **아빠** 정 곤란하면 됐다 . 다음에 얘기하자 .
　　爸爸 真那麼為難就算了，下次再聊吧。
　　아들 그래요 , 다음에 얘기하는 게 좋겠어요 .
　　兒子 好，我想要之後再聊。

補充說明

오리발

指故意裝作不知情的人或態度，是從韓語俗諺「닭 잡아 먹고 오리발 (내놓기)

（殺雞賣鴨掌，瞞天過海）」衍生出的用語。

《秘密森林》第 2 集

🎧 007

우릴 뭘로 보는 거예요 !

把我們當什麼啊！

用　　語	N〔人〕을 / 를 뭘로 보다	
變　　化	N〔人〕을 / 를 뭘로 { 보고 / 보냐 }	
相似用語	N〔人〕을 / 를 물로 보다	
釋　　義	（認為對方瞧不起自己，表達不悅）認為某人微不足道。	

📺 **劇中會話**

시목　김 경사는 급이 안 돼요 . 박무성 첫인상을 말하는 걸 봐선 얼굴도 몰랐던 것 같고 , 더 윗선이겠죠 .

여진　우릴 뭘로 보는 거예요 ? 사람 죽여 놓고 위에선 덮으라고 하고 , 아래선 덮었다는 거예요 ? 경찰을 뭘로 보고 !

始木　金警司的等級不夠高，聽朴武成描述他第一印象的樣子，好像根本不認識他，應該比他高階。

如珍　到底把我們當什麼啊？人都被殺了，上層叫我們息事寧人，下層就真的吃案了嗎？到底把警察當什麼了！

說明

「N（人）을 / 를 뭘로（무엇으로）보다（把 N〔人〕當作什麼）」多使用於疑問句，並非真的好奇對方把 N（人）當什麼。這句話帶有批判他人瞧不起 N 或其價值的意思，藉由疑問句形式來表達話者的負面

情緒。其他相似用語有「N 을 / 를 물로 보다 (藐視 N)」，同樣是在表達
對方瞧不起 N（人）的價值。

💡參考 大多在口語時使用。

例句

❶ (전화에서 / 通話時)

정 국 미안해. 차가 밀려서 30분이나 늦었네.

正 國 對不起，因為塞車，所以遲到了 30 分鐘。

빈 이 넌 항상 약속에서 늦는구나 . 도대체 나를 뭘로 보고 늘
변명만 하는 거야 ?

小 彬 你每次約會都遲到耶，到底把我當什麼啊？就只會狡辯
嗎？

❷ 시험 날짜를 갑자기 바꾸다니 , 학교는 학생들을 뭘로 보고 저러
는 걸까요 ?

考試竟然臨時改期，學校到底把學生當成什麼啊？

補充說明

급이 안 되다

沒有做出某件事或命令的權限。此對話中代表金警司的地位或位階沒辦法做
出那件事，此用語中的「급」通常會發「끕」的音，而非標準發音「급」。

윗선 在某個集團中較高位者。

덮다 隱瞞事實。

《秘密森林》第 2 集 　　　　　　　　　　🎧 008

잘 썼습니다！

我用完了！

用　　語	잘 V- 았 / 었습니다	
變　　化	잘 V- 았 / 었어 , 잘 V- 았 / 었어요	
釋　　義	向他人借物品或接受食物招待等狀況下，向對方表達謝意的問候語。	

📺 劇中會話 ┉┉┉┉┉┉┉┉┉┉┉┉┉┉┉┉┉┉┉┉┉┉┉┉┉┉┉┉┉┉┉┉┉┉┉┉┉┉

시　　　목 （블랙박스 칩을 내밀면서） 잘 썼습니다 !
택 시 기 사 빨리도 주시네 .

始　　　木 （遞出行車紀錄器的記憶卡）我用完了！
計程車司機 也太早還我了吧。

說明
- -

　　與「잘 먹었습니다 , 잘 봤습니다 (謝謝招待、看完了)」相同，是韓語口語中經常用來表達謝意的用語。在商店內看完商品，臨走時會說：「잘 봤습니다 .(我看完了)」在餐廳或朋友家等地方吃完飯，要道謝時會說：「잘 먹었습니다 .(謝謝招待)」另外，和「- 겠 -」結合的「잘 먹겠습니다 (我要開動了)」、「잘 보겠습니다 .(我會好好欣賞的)」、「잘 쓰겠습니다 .(我會好好使用的)」也是經常使用的用語，是用於用餐前、欣賞之前、借物之前的感謝問候語。

例句

----

❶ (식당에서 / 在餐廳)

동료 1 （음식이 나오자）잘 먹겠습니다!

同事 1 （上菜之後）我要開動了！

동료 2 맛있게 드세요!

同事 2 請慢用！

❷ (백화점에서 / 在百貨公司)

고객 （물건을 구경한 다음 매장을 나서며）잘 봤습니다!

客人 （看完商品後離開櫃位）我看完了！

직원 네, 안녕히 가세요. 둘러보고 오세요.

職員 是，請慢走，歡迎再來。

補充說明

블랙박스

行車紀錄器，源自英文單字「black box」，設置於飛機或車輛，自動記錄駕

駛資料的裝置。

《秘密森林》第 2 集　🎧 009

저기요 !

先生／小姐！

用　　語	저기요
相似用語	여기요 , 이봐요
釋　　義	為了搭話，用來呼叫對方的用語。

📺 **劇中會話**

여진　저기요 !
시목　더는 나도 몰라요 .
여진　그게 아니고요 .

如珍　先生！
始木　再來我也不知道了。
如珍　我不是要問這個。

說明

　　「저기요（先生／小姐）」將地方代名詞「저기（那裡）」和「요」放在一起，若作為呼喚對方的用語時，則和「거기요(那邊那位)」和「이봐요（聽我說）」有相似意義，其他相似用語還有「여기요 .（這邊）」，但「여기요 .」傾向用於餐廳或其他商店，是為了將自己的位置告知對方並請求幫忙。舉例來說，在餐廳想點餐時可說：「여기요 , 주문 받아주세요 .（不好意思，我們這邊要點餐）」

例句

----

❶ (식당에서 / 在餐廳)

사장 (손님이 식사하고 계산하지 않은 채 나가자) 저기요 ! 계산 하셔야지요 .

老闆 (客人用餐後，沒有結帳就離開) 先生！你要結帳啊。

손님 아이고 , 죄송합니다 .

客人 哎呀，我很抱歉。

❷ (극장에서 / 在電影院)

(앞 사람에게) 저기요 , 가려서 안 보여서요 . 좀 앉아 주시겠어요 ?

(對前面的人)先生，你擋住我了，我看不到，可以請你坐下來嗎？

《秘密森林》第 3 集　　　　　　　🎧 010

까라면 까야죠

叫你做，你就得做啊

用　語	까라면 까다	
變　化	까라면 (까 / 까야지)	
釋　義	按照對方的吩咐做。	

📺 **劇中會話**

계장　어떡해요 . 화 많이 나신 것 같은데…
시목　까라면 까야죠 .

科長　怎麼辦？他好像非常生氣……
始木　叫你做，你就得做啊。

說明

　　代表上級吩咐任何事，下屬不得詢問或追究原因，只能按照吩咐執行。此處的「까다（砸）」代表「하다（做）」的意思，因此也可改使用「하라고 하면 해야죠（人家要你做，你就得做。）」此用語代表下屬必須按照上層的命令做事，帶有極強烈的權威主義色彩，因此使用此用語者會被稱為「꼰대（老古板）」，並給人負面的印象。

💡 **參考** 在口語時使用，是較為粗俗的用語。

❶ **부 장** 요즘 애들 왜 이렇게 말이 많아 ? 응 ? 우리 때는 **까라면 깠는데** 말이야 .

部 長 最近的年輕人話怎麼這麼多？嗯？以前都是要我們做，我們就得做啊。

과 장 신입 사원들한테는 이유를 설명하고 설득해야지 까라면 까라는 식으로 하면 말 안 듣죠 . 요즘 애들이 어떤 애들인데요 .

課 長 面對新進員工必須用解釋和說服的方式啊，想要他們按照吩咐做事，他們才不可能照辦呢，最近的年輕人多可怕啊。

❷ **동료 1** 상사가 **까라면 까야지** . 우리는 명령대로 할 수밖에 더 있나 ?

同事 1 上司要我們做，我們就得做啊，我們除了服從命令還有其他選擇嗎？

동료 2 맞아요 . 상사가 시키는 대로 해야죠 . 뭐 .

同事 2 沒錯，也只能按照上司吩咐的去做了啊。

補充說明

꼰대

較粗俗的用語，指堅持己見、年紀較大的長輩。

《秘密森林》第 3 集　　🎧 011

얻다 대고 협박이야

竟敢威脅我？

用　語	얻다 대고
釋　義	（用來指責對方的不當行徑或言語）竟敢對無法抗衡的對象做某行為。

📺 劇中會話

무성　너야말로 콩밥 먹여줘？ 얻다 대고 협박이야？ 이런 씨 .
시목　협박이요？ 협박이라고 했습니까？

武成　你是不是想吃牢飯啊？竟敢威脅我？可惡。
始木　威脅？你說我威脅你嗎？

說明

　　「얻다」為「어디에다（在哪裡）」的縮寫，「대고（대다）」意味「向著某物」，兩者結合而成的「얻다 대고」則代表「向著某個地方」，用來強烈表示話者認為對方的言行不合理，不該對話者做出那種行為。2013 年，韓國國立國語院在韓國人經常誤用的拼寫法中列出，每 100 人中便有 98 人誤將「얻다 대고」寫為「어따 대고」或「엇다 대고」，需特別注意其拼寫法，且本用語帶有瞧不起對方的意思，因此不適用於正式場合。

💡參考　口語時使用，後接疑問句。

例句

① **행 인** 얻다 대고 빵빵거려? 아침부터 재수없게.
   行 人 你這是對誰按喇叭啊？一大早就倒楣透頂。
   기 사 지금 그쪽에서 길을 막고 있었잖아요.
   司 機 現在是你擋住大家的路了。

② **행인 1** 너 몇 살이야?
   行人 1 你幾歲啊？
   행인 2 왜? 나도 나이 먹을 만큼 먹었다. 얻다 대고 반말이야?
   行人 2 怎樣？我年紀也很大了，你憑什麼對我說半語啊？

《秘密森林》第 3 集　　　　　　　　　　🎧 012

이게 뚫린 입이라고
不要胡說八道

用　語　뚫린 입이라고
釋　義　（指責他人言論不當）有嘴巴有什麼用。

📺 **劇中會話** ==

여학생 저 아저씨 , 나 열네 살 안 돼서 벌 안 받거든요 ?

서 형사 이게 뚫린 입이라고 , 주워들으려면 제대로 주워들어 . 형사
법은 피해도 가정법은 못 피해 ! 머리에 피도 안 마른 게 벌
써부터 이따위로 굴러먹어서 뭐가 되려고 !

女 學 生 大叔，我才 14 歲，不會被處罰好嗎？

徐 刑 警 不要胡說八道，妳道聽塗說也要挑對重點吧，即使妳避得了
刑法，也逃不掉家庭法！妳才幾歲就這樣動歪腦筋，長大了
要怎麼辦！

說明

　　表示有嘴巴也不該拿來亂說話。使用方式如「뚫린 입이라고 싸가
지 없게 지껄이냐 ?（不要胡說八道，居然這樣無理取鬧？）」、「뚫린
입이라고 진짜 막말하는구나 .（不要胡說八道，居然這樣亂講話）」、「뚫
린 입이라고 거짓말하지 마라 .（不要胡說八道，別說謊了）」，主要
和「지껄이다（吵鬧）」、「막말하다（胡說）」、「거짓말하다（說

諾）」等說話有關的單字一起使用。

💡 參考 大多在口語時使用，屬於較粗俗的用語，可能使對方不悅，因此不建議使用。

例句

----

❶ 행인 1 어디서 행패야? 요즘 애들은 가정 교육이 안 돼서…

　　行人 1 竟然敢在這耍賴？最近的小孩子真是沒家教……。

　　행인 2 와! 뚫린 입이라고 말을 너무 막 하시네요.

　　行人 2 哇！不是有嘴巴就可以亂說話。

　　행인 1 뭐라고?

　　行人 1 你說什麼？

❷ 부장 어디 뚫린 입이라고 말도 잘하네.

　　部長 不要胡說八道，還真會回嘴。

　　사원 부장님. 그렇게 함부로 말하지 마십시오. 일이 왜 그렇게 됐는지 설명하고 있는 겁니다.

　　員工 部長，請不要說這種話，我只是在解釋事情為何會發展成這樣。

補充說明

주워듣다
只聽到對話的部分內容，表示沒有確實學習或認真聽，只有聽到大概的內容。

머리에 피도 안 마르다 指年紀還小，想成為大人還早得很。

굴러먹다
四處閒晃、經歷過各種事，代表看不起對方的一句話，主要用來表達對方人生經歷較差。

《秘密森林》第 4 集

🎧 013

그러니까요

就是說啊

用　　語	그러니까
變　　化	그러니까요
相似用語	그러니까 말이에요
釋　　義	（代表認同對方說的話）和「내 생각도 (상대방의 생각과) 같아요（我的想法也〔和對方的想法〕一樣）」、「당연히 그게 맞다고 생각해요（我也認為那樣沒錯）」有相同意義。

📺 劇中會話 ....

여진　아니 귀신이 아니고서야 뭐라도 남기는 법인데…
시목　남의 집 블랙박스 각도까지 계산한 사람이라는 거 몰라요？
여진　그러니까요.

如珍　除非他是鬼，不然一定會留下痕跡……
始木　妳不知道他連別人行車紀錄器的角度都會事先計算好嗎？
如珍　就是說啊。

說明
....

　　結合「그러니까（所以）」和「요」的用語。「그러니까（所以）」用來說明最普遍的理由或根據，屬於連接副詞，但此場戲中的「그러니까（就是說啊）」屬於感嘆詞，非用來表示理由或根據，而是表達強

烈認同對方所說的話，若對方是需使用敬語的對象，則使用「그러니까요」。

💡 參考 大多在口語時使用。

例句

---

❶ **슬기** 요즘 코로나 때문에 집에만 있었더니 살만 찌고 너무 힘들다 .

   瑟琪 因為新冠肺炎的緣故，最近都只能待在家，一直變胖真的好痛苦。

   예진 그러니까 . 정말 언제 끝날지 모르겠어 .

   藝珍 就是說啊，不知道什麼時候才會結束。

❷ **정국** 이 드라마 정말 재밌지 ? 배우도 멋지고 , 대사도 너무 재밌어 .

   正國 這部電視劇真的很有趣吧？演員長得帥，台詞也很有趣。

   빈이 그러니까 . 나도 요즘 이거 보느라 세월 가는 줄 모르고 살아 .

   小彬 就是說啊，我最近也都看這部電視劇看到忘記時間呢。

《秘密森林》第 4 集

🎧 014

돈이 안 되는 건데

這賺不了錢

用　語	돈이 안 되다	
變　化	돈이 안 (되는 / 돼 / 된다)	
釋　義	（某件事）沒辦法賺錢。	

📺 **劇中會話**

시목　넌 어떻게 강진섭을 알아서 변론을 맡게 된 거야 ?

정본　왜 내가 알았다고 생각하는데 ?

시목　변호사가 재판에 졌는데 네가 미안해 했으니까 .

정본　뭘 그런 걸 또 보고 그래 . 성당 사람이 소개시켜 줬어 . 돈이 안 되는 건데 내가 밀어붙였거든 . 확실하다고 . 승소한다고 .

始木　你怎麼會認識姜鎮燮，還幫他辯護？

正本　你為什麼覺得我認識他？

始木　因為律師打輸官司，你看起來卻很愧疚。

正本　你怎麼連這種小事都要觀察啊？是教會的人介紹的，這賺不了什麼錢，是我堅持促成的，說有信心一定會勝訴。

說明

　　有什麼工作是돈이 되는 일（能賺錢的工作）呢？돈이 되는 일（能賺錢的工作）通常指相較投入的時間或努力，能獲得高報酬的工作；

相反地，돈이 안 되는 일（不能賺錢的工作）代表賺取的金錢不足以反映投入的時間或努力。韓語中的「되다（成為）」大多用在「얼음이 물이 되다（冰塊變成水）」或「영수는 커서 선생님이 되었다（英洙長大後成了老師）」等，用來表達狀態或地位的改變，但是「돈이 된다（賺錢）」則和上述例子不同，並非描述某樣物品變成錢，而是「相較工作的付出，能賺取較多金錢」的意思。

💡 參考 大多在口語時使用，也可使用「(큰)돈이 되지 않는다（沒辦法賺〔大〕錢）」或「(큰) 돈이 안 된다（沒辦法賺〔大〕錢）」。

例句

----

❶ 아들은 그나마 잠시 하던 일도 돈이 안 된다며 그만두고 이젠 쉬고 있어 . 적은 돈이라도 꾸준히 벌고 저축하면 좋을 텐데 걱정이야 .

兒子說之前暫時做的工作也賺不了什麼錢，所以辭職在家休息。就算只是小錢也應該持續賺錢、存錢啊，真令人擔心。

❷ **빈이**　요즘 아르바이트 잘 되냐 ?

　　小彬　你最近打工還順利嗎 ?

　정국　아니 , 별로 돈도 안 되는 일이었는데 , 심지어 최근에는 잘렸어 .

　　正國　不順利，那份工作本來就賺不了多少錢，我最近甚至被開除了。

[補充說明]

돈이 되다

指能夠賺很多錢。使用方式如「최근 들어 주식이 돈이 된다며 주식에 관심을 보이는 사람이 많아졌다 . （聽說最近股票很賺錢，所以對股票有興趣的人也變多了。）」、「요즘 돈 되는 일 어떤 게 있을까 ? （最近有什麼東西能賺錢呢 ? ）」

15

《秘密森林》第 4 集　　🎧 015

왜 멍 때리고 그러십니까 ?

為什麼在那發呆呢 ?

用	語	멍 때리다
變	化	멍 (때리고 / 때리는)
釋	義	彷彿靈魂出竅，呆滯且沒有任何反應的狀態。

📺 **劇中會話**

여진 아 , 왜 멍 때리고 그러십니까 ? 남은 중요한 얘기하는데…

팀장 왜 ? 경찰대 출신이라 갈 데 많잖아 . 진급도 느려 , 돈도 쪼들려 , 결혼도 느려 , 애도 못 키워… 왜 형사과인데 ?

如珍 啊，你為什麼在那發呆呢？我還在講重要的事耶……

組長 為什麼呢？妳是警察大學畢業的，有很多地方能去吧？這裡升遷也慢、薪水又少、很難結婚生子……妳為什麼要選刑事科？

說明

　　此用語結合「멍하다 (發呆)」的「멍 (呆滯)」與「때리다 (敲打)」，並非文雅的說法，因此不適合在正式場合使用。此用語中的「때리다」屬於粗俗用語，因此尚未登錄於韓語字典中，它和「커피 한 잔 때릴까 (要喝杯咖啡嗎 ？)」、「라면 때리고 갈까 (要吃碗泡麵再走嗎 ?)」一樣，屬於「하다 / 먹다 / 마시다 (做／吃／喝)」的粗俗表現，Psy 的《강남 스타일 (GANGNAM STYLE)》歌詞中有出現「커피 식기도 전에 원샷 때리는 사나이 (在咖啡冷卻前一口乾杯的男子漢)」，此處

的「때리다」和上述例子意義相同。最近每年舉辦最會「發呆」的人選拔大賽，也引起了極大的話題。

例句

① 요즘 집에서 그냥 멍 때리다 보면 하루가 다 지나가네요 .
最近老是在家發個呆就耗掉一天了。

② 요즘 들어 일에 집중을 잘 못하고 멍을 때릴 때가 많습니다 .
最近老是不能好好專心，經常在發呆。

補充說明

쪼들리다

生活不寬裕、有困難。

16

《秘密森林》第 4 集

🎧 016

이해가 안 가요

不能理解

用　　語	이해가 안 가다
變　　化	이해가 안 (가는 / 가 / 갑니다)
相似用語	이해가 안 되다
釋　　義	（即使已經努力理解）不太能理解。

📺 **劇中會話** ∙∙

여진　（ 혼잣말로) 이해가 안 가 . 아무것도 없어 .

如珍　（自言自語）我不能理解，什麼都沒有。

說明

在「이해（理解）」某件事情時，我們會使用「이해하다／이해를 하다」或「이해되다／이해가 되다」，但也可以像「이해가 가다」一樣，搭配「가다（去、前往）」使用，「이해가 가다」和「이해가 안 가다」主要在口語時使用，比起「이해하다」和「이해하지 못하다」更能表達出試圖理解或仍然無法理解的意思。

💡參考　大多在口語時使用。

- -

❶ 대리 다른 사람에게 상처를 주고 자기는 아무렇지도 않게 사는
사람들 , 정말 이해가 안 가요 .

代理 我真的無法理解那些傷害他人，自己卻若無其事的人。

과장 그러게 말이에요 .

科長 就是說啊。

❷ 학생 문제가 너무 어려워서 , 설명을 여러 번 들어도 이해가 잘
안 가요 .

學生 題目太難了，聽了好幾次解釋還是不太理解。

교수 그래요 ? 자 , 그럼 한 번 더 설명할게요 .

教授 這樣啊？好，那我再解釋一次。

17

《秘密森林》第 4 集 🎧 017

키가 어떻게 되세요？

你身高多高？

用	語	어떻게 되다
變	化	어떻게 (돼요 / 되세요 / 됩니까 / 되니)
釋	義	（用於詢問年紀、身高、地位、價格等的疑問句）數值、位置、狀態如何。

📺 **劇中會話**

시　목 실무관님은 키가 어떻게 되세요？
실무관 저요？ 170 요.

始　木 實務官你身高多高啊？
實務官 我嗎？ 170 公分。

說明

　　口語中的「어떻게 돼요?」就像「가게 위치가 어떻게 되나요？(店家位置在哪？)」、「요즘 중고차 시세가 어떻게 되나요？(最近二手車行情如何？)」、「치킨 칼로리는 어떻게 되나요？（炸雞熱量多高？）」一樣，是詢問位置、價格等各種不同狀況的用語，另外也可用來詢問對方的具體資訊，舉例來說，就像「사는 곳이 어떻게 되세요？(你住哪裡？)」、「실례지만 나이가 어떻게 되세요？(不好意思，請問你幾歲？)」，可用來詢問年紀、身高、住處等事項，但若雙方關係不夠親密時，詢問體重、年紀、住處等私人資訊可能有失禮貌，因此使用時

必須注意。

💡 參考 口語時使用，只用於疑問句。

例句

----

① **동료 1** 주말 계획은 어떻게 되세요?
　同事 1 週末有什麼計畫？
　동료 2 이번 주말에는 아마 부모님 댁을 방문할 것 같아요.
　同事 2 這個週末可能會去父母家。

② **동료 1** 이상형이 어떻게 되세요?
　同事 1 你的理想型是怎樣的人？
　동료 2 잘생기고 잘 웃는 사람이 이상형이에요.
　同事 2 我的理想型是長得帥又笑臉迎人的人。

18

《秘密森林》第 5 集　　　　　🎧 018

너 때문에 바람 잘 날이 없어

被你害得沒有一天風平浪靜

| 用 | 語 | 바람 잘 날 (이) 없다 |
| 釋 | 義 | 無時不刻都在擔憂、不得安寧。 |

📺 **劇中會話**

창준　흉기에 니 지문에다 , 희생자 집에 니 흔적 천지인데 , 그것도
　　　　모자라서 니가 범인이라고 지목한 증인까지 나왔어 . 우리 지
　　　　검이 너 때문에 바람 잘 날이 없어 !

시목　모든 증거가 완벽히 저네요 .

昌俊　不只凶器上有你的指紋,連犧牲者家裡也到處都是你的痕跡,
　　　　這樣還不夠,甚至有證人指認你是兇手,你害得我們地檢署沒
　　　　有一天風平浪靜!

始木　所有證據都完美指向我呢。

說明

　　這個用語來自韓國俗諺「가지 많은 나무에 바람 잘 날 없다」,這
句俗諺原本是在形容子女眾多的父母每天都得操心,就像茂密的大樹
即使遇到微弱的風也會不斷被吹動並發出聲響。這場戲中只擷取「바
람 잘 날 없다 .」,這時所指的就不是父母的擔憂,而是在一般情況下
無法安心度日的意思,換言之,就是因為某種原因而憂心忡忡,讓周
遭人士不得安寧的意思。

例句

① 코로나 때문에 참으로 다사다난했던 올해, 바람 잘 날 없는 해였다는 생각이 듭니다.

今年真是被新冠肺炎搞得多災多難的一年，整年都沒有風平浪靜的一天。

② **정국 엄마** 슬기네 무슨 일 있어요? 슬기 엄마 얼굴이 안 좋던데.

正國媽媽 瑟琪家出了什麼事嗎？瑟琪媽媽的臉色看起來不太好耶。

예진 엄마 애 많은 집 바람 잘 날 없다더니. 슬기네 셋째가 또 사고를 쳤나 봐요.

藝珍媽媽 俗話說：「子女多無寧日」，似乎是瑟琪家的老三又闖禍了。

補充說明

천지 （指天和地）非常多的意思。

지검 「지방 검찰청（地方檢察署）」的縮寫，因應各地區的地方法院所設置的檢察廳。

다사다난 許多是非及困境。

19

《秘密森林》第 5 集

🎧 019

닥치고 잡읍시다！

少廢話，快抓住他！

用 語	닥치고
釋 義	（無須多言）一定、無條件。

📺 **劇中會話** ┄┄

여진 닥치고 잡읍시다！나 이 새끼 낯짝이 어떤지 되게 궁금해지기 시작했으니까 .

如珍 少廢話，快抓住他！我開始好奇他到底長什麼模樣了。

說明

┄┄

　　此為「닥치다（閉嘴）」的變形，「닥치다」就是「입을 다물다（把嘴巴閉起來）」的意思，大多用於像「엉뚱한 소리 그만하고 입 닥치고 가만히 있어（別再胡說八道，閉嘴安靜待著）」一樣的粗話，因此不得對地位較高者使用，而這場戲的「닥치고（少廢話）」是口語中常使用的表達，代表「不須多言、當然或無條件」的意思。近期也常出現如「닥치고 N（少廢話＋N）」的口語說法，例如「닥치고 짜장면（少廢話炸醬麵）」和「닥치고 떡볶이（少廢話辣炒年糕）」，代表無條件贊同後方名詞的意思。

💡 參考 在口語時使用，為粗俗用語。

例句

❶ 회의에서 자꾸 논의해도 실제와는 거리가 있으니 , 닥치고 그냥
합시다 .
開會時再怎麼討論也和現實有所差距，所以別廢話了，直接做吧。

❷ (광고에서 / 出自廣告)
엄마도 영어책 , 닥치고 읽어 봅시다 .
媽媽也看英文書，少廢話，先讀讀看吧。

補充說明

- 낯짝
- 「낯（臉）」的粗俗說法。

20

《秘密森林》第 5 集　　　　　🎧 020

뭐가 어쩌고 어째 ?

你說什麼？

用　　語	뭐가 어쩌고 어째
相似用語	뭐가 어쩌고 어떻다고
釋　　義	（認為對方的發言錯得離譜，用來批判對方並表達不悅的情緒。）為了再次確認內容而詢問。

📺 **劇中會話**

창준　아무리 느슨해져도 타인을 해치치 않는다는 믿음 ! 그런데 나더러 뭐가 어쩌고 어째 ?

시목　답이 아닙니다 .

창준　안 죽였어 !

시목　실례를 범했습니다 . 사죄 드립니다 .

昌俊　我再怎麼墮落也絕不會傷害別人！但你剛才說我什麼？

始木　這不是我要的解答。

昌俊　我沒有殺人！

始木　是我失禮了，我跟你道歉。

說明

　　雖然「뭐가 어쩌고 어째 ?」是疑問句，但實際上並非真的想提問，而是在對方的發言太過荒唐或無禮時，為了表達怒氣所使用的用語。

在無法理解或沒聽清楚對方說話時，最謙遜的用法是「다시 한번 말씀 해 주시겠습니까？(可以請你再說一次嗎？)」，有時也會直接使用「뭐 라고 (요)？(你說什麼？)」來反問對方，但是「뭐라고 (요)？(你說 什麼？)」和「방금 뭐라고 그랬어 (요)？(你剛才說什麼？)」根據脈 絡的不同，可能帶給聽者負面的感受，因此使用時須特別注意。

💡 參考 在口語時使用，大多為年紀較大或階級較高者對年紀小或下屬使用， 帶有責難的意思。

例句

❶ **남편** 당신 때문에 엉망이 됐는데 . 뭐가 어쩌고 어째？
  丈夫 都是因為妳才搞得一團糟，妳剛才還說我什麼？

  아내 아니 , 내가 뭘 어쨌다고 그래？
  妻子 不是，我剛才有說什麼嗎？

❷ **동생** 됐어 . 그만해 . 형은 도움이 안 돼 .
  弟弟 夠了，不用了，哥哥幫不上忙。

  형 기껏 도와줬더니 , 나 보고 뭐가 어쩌고 어째？
  哥哥 我那麼認真幫你，你對我說這什麼話？

補充說明

실례를 범하다

做出有失禮儀的行為，此處的「실례（失禮）」代表發言或行為違背禮節，「범 하다（觸犯）」則指「잘못을 저지르다（做錯事）」。

21

《秘密森林》第 5 集　　　　　　　　🎧 021

자기 밥줄 끊길까 봐
怕失去自己的飯碗

用　　語	밥줄 (이) 끊기다
變　　化	밥줄 (이) { 끊기는 / 끊겨 / 끊길 }
相似用語	밥줄 (을) 끊다 , 밥줄 (이) { 끊어지다 / 떨어지다 }
釋　　義	失去用來餬口的工作。

📺 劇中會話

팀장 다시 들어도 나쁜 새끼네 . 이거 전화 한 통만 해 줬어도 됐을 걸 . 자기 밥줄 끊길까 봐 혼자 사는 여자앨 내깔겨둬 ?

組長 再聽一次還是覺得他是個爛人，明明只要打通電話就行了，他怕丟了自己的飯碗就拋下那個獨自生活的小女孩嗎？

說明

　　「밥줄 (飯碗)」指用來餬口的工作或職業，為粗俗的表現，是結合「밥 (飯)」和「줄 (繩子)」的合成單字。「밥줄이 끊기다 (失去飯碗)」為「밥줄을 끊다 (斷絕飯碗)」的被動型態，指被解雇，也就是被趕走的意思，為較粗俗的說法，其他相似用語有「(직장에서) 잘리다 (〔在職場上〕被炒魷魚)」；另外「밥줄을 끊다 (斷絕飯碗)」則代表把某人從職場上趕走，也就是解雇對方的意思，其他較粗俗的相似用語還有「(목을) 자르다 (炒魷魚)」。

例句

❶ 가게에 손님이 너무 없고 직원들 더 자르면 , 나도 **밥줄 끊길** 수 있어 .
店裡幾乎沒客人，如果再繼續開除員工，我也可能會失去飯碗。

❷ 직장에서 상사와 정치적 입장이 다르다고 **밥줄이 끊기는** 건 말이 안 된다 .
只因為和公司上司的政治立場不同就失去飯碗，簡直太不合理了。

補充說明

내깔기다

任意擱置。這場戲是指對方明知女子有危險，卻因為害怕失去飯碗，就不向警方報案、棄之於不顧。「내깔기다（亂放）」原為「隨地撒尿或吐口水等物體」和「隨便亂說話」的意思。

22

《秘密森林》第 5 集　　　🎧 022

형태가 범상치 않습니다

樣子很不尋常

用	語	N 이 / 가 범상치 않다
變	化	N 이 / 가 범상치 { 않는 / 않아 / 않습니다 }
釋	義	有不尋常或特別之處。

📺 **劇中會話**

창준　여자가 나온 형태가 범상치 않습니다 .

윤범　흠 . 나도 그게…

창준　박무성을 죽인 자가 여자도 해쳤다면 단순한 연쇄가 아닙니 다 . 분명한 의도가 있어요 . 살인만이 목적이 아닙니다 .

昌俊　那個女生的樣子不太尋常。

允範　嗯，我也覺得⋯⋯

昌俊　如果殺害朴武成的人也傷害了那個女人，那就不是單純的連續 殺人案，一定有個明確的動機，他的目的不單純是殺人。

說明

　　此用語是用來描述不平凡或少見的特殊狀況，形容詞「범상하다 （平常的）」多與「않다（否定語尾）」一起使用，通常會以「범상 치 않다」的型態出現。

💡 **參考** 有不尋常或特別之處。

例句

❶ 이 드라마는 처음 시나리오부터가 범상치 않았는데 역시 대박이
   났어 .
   這部電視劇從劇本就與眾不同，果真大紅了。

❷ **정국** 이강인은 어렸을 때부터 축구 천재라는 소리를 듣기도 했
           고 , 범상치 않았다고 해 .
   正國 聽說李康仁從小就被稱為足球天才，非常不一般。
   슬기 맞아 , 천재 맞는 것 같아 .
   瑟琪 沒錯，他的確是天才。

23

《秘密森林》第 6 集　🎧 023

그렇구나

原來如此

用　　語	그렇구나	
變　　化	그렇군 , 그렇군요	
相似用語	그러네 , 그렇지	
釋　　義	用來對對方的發言給予正面反應，是一種附和的說法，帶有「知道〔說話內容〕了」、「重新理解〔說話內容〕了」的意思。	

📺 **劇中會話**

정본　나도 갔거든 . 너한테 전화하고 잠 안 오고 해서 . 난 너 그때 봤는데 .

시목　그렇구나 . 신기하네 .

정본　뭐가 ?

시목　아니, 너랑 나랑 강진섭 재판 때 우연히 보고 그 다음부턴 우연히 계속 보게 되잖아. 20년을 모르고 살다가…

정본　그러네 .

正本　我也去過了，因為我打電話給你之後睡不著，我當時有看到你。

始木　原來如此，真神奇。

正本　哪裡神奇？

始木　沒有啦，我和你還有姜鎮燮在審判時偶然見過一面，之後就一直碰到彼此，但這 20 年來都互相不認識……

正本　真的耶。

說明

　　雖然對話時很重視有條理的發言，但傾聽他人也十分重要，若在對話中使用「그렇구나（原來如此）」、「그러네（真的耶）」、「그렇지（就是這樣）」，即可有效表現出認真傾聽對方說話的感覺。雖然這三種用語各有不同意義，但其中最常使用的就是「그렇구나（原來如此）」。韓國人認為：夫妻只要在日常對話時多使用「그렇구나（原來如此）」就能避免爭吵。從這點就可看出這句話是展現傾聽態度的好方法。

💡參考 在口語時使用，結合形容詞「그렇다／그러하다（那樣的）」和「-구나（感嘆終結語尾）」的用語。

例句

❶ **슬기** 어제 너무 늦게 일어나는 바람에 시험 시간에 늦고 , 시험도 제대로 못 친 것 같아 .

　瑟琪 昨天太晚起床，害我考試遲到，感覺沒有考好。

　예진 그렇구나 . 걱정되겠다 .

　藝珍 原來如此，妳一定很擔心。

❷ **아내** 어디서 발을 삐끗했는지 , 잘 걸을 수가 없어 . 무릎이 좀 아픈 것도 같고…

　妻子 我不知道是在哪裡扭到腳，沒辦法正常走路，膝蓋好像也有點痛……

　남편 그렇구나 . 우선 같이 병원이라도 가 볼까 ?

　丈夫 原來如此，那要先去醫院看看嗎？

24

《秘密森林》第 6 集　　　　　　🎧 024

그 사람이 잘 안 해 줘？

那個人對你不好嗎？

用　　語	N（人）에게 잘 해 주다
變　　化	N（人）에게 잘 해 { 주는 / 줘 / 줍니다 }
釋　　義	以良好、親切並真誠的態度對待。

📺 **劇中會話**

은수 엄마　그 사람이 잘 안 해 줘？

은　　수　누구？

은수 엄마　그 왜, 너 수석 검사였던 사람.

은　　수　엄마 왜 자꾸 그래？ 그 사람은 옆에 누가 오는 거 자체를
　　　　　　　싫어한다니까.

恩秀媽媽　那個人對妳不好嗎？

恩　　秀　誰啊？

恩秀媽媽　就是那個人啊，妳之前的首席檢察官。

恩　　秀　媽怎麼老是這樣？他根本不喜歡有人接近他。

說明

　　「잘하다（做得好）」意指「옳고 바르게 하다（做得正確）」或「좋
고 훌륭하게 하다（做得優秀）」，「잘 해 주다（對……好）」則代
表對某人親切、態度良好。戲中的恩秀媽媽問恩秀：「那個人對妳不

好嗎？」就帶有「之前當首席檢察官的那個人對妳不親切嗎？」的意思，另外「잘 해 주다（對……好）」的相反用語則有「잘 못 해 주다（對……不好）」，使用方式如「너한테 잘 못 해 줘서 미안해 .（抱歉沒有好好照顧你）」

例句

❶ **슬 기** 새로 이사 간 집은 어때 ?

　　瑟　琪　你的新家如何？

　　정 국 주인 아주머니가 정말 잘 해 주셔 . 지난 번 추석 때는 송편도 갖다 주셨어 .

　　正　國　房東太太真的很照顧我，今年中秋節還有送松糕給我。

❷ **제 자** 2 월 말에 귀국하게 됐어요 . 그 동안 여러 모로 도와주셔서 감사했습니다 .

　　學　生　我 2 月就要回國了，這段期間謝謝您幫助我許多。

　　선생님 아니야 . 내가 잘 해 준 것도 없는데… 일부러 인사하러 와 줘서 고마워 .

　　老　師　沒這回事，我也沒特別照顧你，謝謝你特地跑來跟我道別。

니가 뭔데 참견이야 ?

你憑什麼多管閒事？

用　　語	N（人）이 / 가 뭔데
相似用語	N（人）이 / 가 뭐라고
釋　　義	（認為對方的行為或態度太過分，用來表達不悅的用語）有什麼資格，竟敢做某件事。

📺 劇中會話

(동재가 은수를 끌고 가자 , 시목이 동재를 붙잡는다)

동재　안 놔 ?

시목　검사님이 놓으십시오 . 이것도 폭력입니다 .

동재　폭력 같은 소리하고 자빠졌네 . 니가 뭔데 참견이야 ?

（東載想拉走恩秀，始木抓住東載）

東載　還不放手？

始木　請徐檢察官你先放手，你這樣也算暴力。

東載　你跟我扯什麼暴力啊？你憑什麼多管閒事？

說明

　　若還原成標準型態與單字原型時則會變成「네가 무엇인데（你是什麼）」，但使用時大多以口語型態「니가 뭔데（你是什麼）」出現。「네（你）」和「내（我）」的發音相似，因此為避免混淆，口語型

態中經常以「니」取代「네」。此用語中的「무엇（什麼）」是指某種資格或地位，可用來批判對方沒有資格或地位做出某項行為，另外此用語帶有瞧不起對方的意味，因此不建議任意使用。

💡參考 大多在口語時使用，後接疑問句。

例句

❶ **슬기** 니가 뭔데 날 평가해？
　 瑟琪 你憑什麼批評我？
　 정국 난 그런 뜻이 아니었는데… 미안해.
　 正國 我不是那個意思……對不起。

❷ 니가 뭔데 우리 아들한테 협박이야？
　 你憑什麼威脅我兒子？

補充說明

폭력 같은 소리하고 자빠졌네
意指「폭력이라는 말도 안 되는 소리를 하네（竟然說出暴力這種荒唐的話）」，用來否定對方的言論，使用型態如「N 같은 소리하고 있네（你竟然敢說 N 啊）」、「N 같은 소리하고 자빠졌네（你跟我扯什麼 N 啊）」。

26

《秘密森林》第 6 集　　　　　　　　　　　🎧 026

당신 마음이 많이 안 좋겠어

你心裡一定不好過

用	語	마음이 안 좋다
變	化	마음이 안 { 좋은 / 좋아 / 좋겠어 }
釋	義	因遺憾或擔憂而感到痛苦。

📺 **劇中會話**

창준 아내　젊고 예쁘다며 ?

창　　준　뭐가 ?

창준 아내　뉴스에서 떠드는 여자 . 당신 **마음이** 많이 **안 좋겠어** .

昌俊妻子　聽說她年輕又漂亮啊 ?

昌　　俊　妳說什麼 ?

昌俊妻子　新聞上吵得沸沸揚揚的女人啊,你心裡一定很不好過。

說明

　　「마음(心)」用來指稱人對其他人事物的感受或想法,「마음이 안 좋다(心裡不好過)」則代表不好的情緒或想法,這句話不直接表達負面情緒,是一種模糊的表現方法。此場戲中未使用「당신 섭섭하겠어 ?(你一定很難過吧?)」或「당신 걱정되겠어 ?(你一定很擔心吧?)」,反而選用沒有出現情緒相關單字的「당신 마음이 안 좋겠어 ?(你心裡一定不好過吧?)」,可以減輕負面情緒的感覺。

例句

① **정국**　무슨 일 있어 ? 얼굴이 안 좋은데 ?
　正國　有什麼事嗎 ? 妳臉色不太好耶 ?
　슬기　아침에 동생한테 잔소리를 좀 하고 나왔더니 **마음이 안 좋**
　　　　　네 .
　瑟琪　早上出門前念了妹妹一頓，有點過意不去。

② 길거리에서 유기견을 보면 **마음이 안 좋아요** . 새 주인을 만나지
　못하면 머지 않아 안락사를 당할 거니까요 .
　在路上看到流浪狗總覺得心裡不好受，因為牠們如果找不到新主
　人不久後就會被安樂死。

補充說明

• **뉴스에서 떠들다**
• 多次被新聞報導。

27

《秘密森林》第 6 集　　　🎧 027

반박도 의심도 한 방에 날아갈 테니까
一舉掃光所有反對和質疑

用	語	N 이 / 가 한 방에 날아가다
變	化	N 이 / 가 한 방에 { 날아가는 / 날아가 / 날아갑니다 }
釋	義	（痛苦、質疑、信任等）瞬間消失。

📺 **劇中會話**

여진　본인 입으로 하면 변명이지만 , 내가 다이렉트로 "황 검사가 칼 만진 거 봤소 ." 해 주면 반박도 의심도 한 방에 날아갈 테니까 . 동료들 다 모인 앞에서 뭐 잘못한 것도 없이 배신자가 되는 내 기분 따윈 안중에도 없었으니까 .

如珍　雖然自己開口很像在辯解，但如果我直接說：「我看到黃檢察官碰刀子。」就能一舉掃光大家的反對和質疑，畢竟你根本不在意我沒做錯事卻在同事們面前變成叛徒的感受。

說明

　　此用語中的「방（次、發）」就和「주먹 한 방 , 총 한 방（一拳、一發子彈）」一樣，是用來表達出拳或槍擊的次數，因此「N 이 / 가 한 방에 날아 가다（一舉掃光 N）」代表藉由某個強力事件瞬間消除某樣事物的意思，此時的主語 N 可以是正面或負面的事物，其他相似用語還有「한 방에 훅 간다（瞬間消失）」，但此用法通常使用在負面

狀況，意指某特定事件或失誤可能讓過去累積的成果瞬間付諸流水。

💡 參考 在口語時使用。

例句

----

❶ 사소한 실수로 지금까지 쌓아온 신뢰가 한 방에 날아가 버렸다 .
一個小小的失誤讓至今累積下來的信任瞬間消失。

❷ **슬기**　약 먹고 효과가 좀 있어 ?

　瑟琪　吃藥之後有好一點嗎？

　정국　응 . 약효가 정말 좋아 . 먹자마자 통증이 한 방에 날아갔
어 .

　正國　嗯，藥效很強，我一吃下去就完全不痛了。

28

《秘密森林》第 6 集　　　　　　　　　🎧 028

어차피 잃을 게 없으니까
反正沒什麼好失去的了

用	語	잃을 게 없다
變	化	잃을 게 { 없는 / 없어 / 없습니다 }
釋	義	不會有損失。

📺 **劇中會話**

은수　돈 주인이 누군지 알아냈을 땐 박무성은 이미 빚더미였어요 .

시목　어차피 잃을 게 없으니까 부탁하면 들어줄 거다 ?

은수　근데 날 비웃었어요 . 인간 말종인 주제에 말끝마다 여자 검사
　　　　가 , 여자 검사가 하면서 !

恩秀　找出那筆錢的主人時，朴武成已經一屁股債了。

始木　反正他沒什麼好失去的，所以應該會接受請求？

恩秀　但他還瞧不起我呢，不過是個人間敗類，每次說話都把「女檢
　　　　察官」一詞掛在嘴邊。

說明

　　「어차피（反正）」是指「이렇게 하든지 저렇게 하든지（不管這樣
做或那樣做）」，「잃다（失去）」是指「기회나 때가 사라지다（機會或
時機消失）」，因此「어차피 잃을 것이 없다」的意思就是「不管這樣
做或那樣做，都沒有會消失的機會或時機」，代表一開始手上就沒有
任何東西，所以不會有損失。

例句

① **기자** 연주자로 이렇게 성공하기까지 어려움이 많으셨을 것 같은데요.

　　記者 身為演奏家能做到如此成功，應該遇過不少困難吧？

　　경민 저는 하고 싶은 게 있으면 일단 도전했어요. 어차피 <u>잃을 게 없고</u> 또 안 되면 어때요？

　　慶敏 只要遇到想嘗試的事情，我都會先挑戰看看，反正沒什麼好失去的，就算失敗又如何？

② **동현** 말 조심해. 너 나중에 후회한다.

　　東賢 注意妳的言詞，妳之後會後悔的。

　　은수 어차피 <u>잃을 게 없는</u> 인생인데 내가 왜 너한테 말을 조심해야 돼? 응?

　　恩秀 反正我人生也沒什麼好失去的，為什麼要對你注意言詞？嗯？

補充說明

빚더미 指欠了很多債，主要使用方式如「빚더미에 앉다, 빚더미에 깔리다（債台高築）」。

인간 말종 주제에 指太惡劣的人沒有資格說話，「인간 말종（人間敗類）」指行為非常惡劣的人，也可省略「인간（人類）」，只使用「말종（敗類）」。

말끝마다 每說一句話。

29

《秘密森林》第 6 集

🎧 029

왜 이래요 , 아마추어 같이

怎麼這樣，跟個業餘的一樣

用 語	아마추어 같이
釋 義	像是不了解、不熟悉某件事的人。

📺 **劇中會話**

마담 민아 집을 일러줬는데 한두 시간 후에 다시 왔어요 . 얘가 벌써 튀었다고 , 그리고 우리 집에서 술까지 먹고 갔다고요 .

여진 왜 이래요 . 아마추어 같이 . 산전수전 다 겪은 사람이 그 말을 믿었다고 ?

媽媽桑 我把珉娥家告訴他了，但他一兩小時後又回來說她早就落跑了，然後在我們店裡喝完酒才離開。

如 珍 怎麼這樣，跟個業餘的一樣，一個身經百戰的人居然相信那種話？

說明

　　源自英文單字「amateur（業餘的）」，指把某件事當興趣的人，其反義詞則為源自英文單字「professional（專業的）」的「프로（專家）」。

　　「아마추어 같이（像個業餘似的）」代表對方分明像專家一樣了解某件事的運作卻不好好發揮能力，帶有責怪對方的口吻，也就是「프로 (전문가) 인 네가 왜 아마추어 (비전문가) 인 것처럼 행동하니 ?（你

明明是個專家，為什麼表現得像業餘（非專業）的一樣？）」的意思。
這句話的起源來自節目《搞笑演唱會》中的台詞：「왜 이래！아마추
어 같이 .（怎麼這樣，跟個業餘的一樣）」

💡 參考 在口語時使用。

例句

----

❶ **선배** 보고서가 왜 이래？ 아마추어 같이 . 보고서 처음 쓰나？
　前輩 你的報告是怎麼回事？跟個業餘的一樣，第一次寫報告
　　　　嗎？

　후배 죄송합니다 . 수정하겠습니다 .
　後輩 抱歉，我會重新修改。

❷ 한 일간지는 "손흥민 선수와 재계약을 추진하는 과정에서는 구단
　이 아마추어 같이 굴고 있다 ."며 비판했다 .
　某日報批評：「球團在與孫興愍談論續約的過程中表現得像業餘
　人士一樣。」

補充說明

- 튀다 「달아나다（落跑）」的粗俗用語。
- 산전수전 다 겪다 經歷世界上所有難事。此處的「산전수전（山戰水戰）」意
  指在山上和水裡都奮戰過。

30

《秘密森林》第 6 集　　　　　　　　　🎧 030

이건 또 뭐 소리야 ?

這話又是什麼意思 ?

用　　語	뭔 소리야	
變　　化	뭔 { 소리야 / 소리니 }	
相似用語	뭔 { 말이야 / 얘기야 }	
釋　　義	(不理解或認為對方說錯，用來再次詢問對方的用語) 用來要求再次確認對方所說的話。	

📺 **劇中會話**

여진　룸살롱에서 처음 만난 게 아닐 수도 있습니다 .
팀장　이건 또 뭔 소리야 ?

如珍　在酒店也可能不是第一次見面。
組長　這話又是什麼意思？

說明

　　「소리（聲音）」意指「말（話）」，「뭔 소리야 ?」與「무슨 말이야 ?」可互相替換，代表對方的發言太過新奇、在意料之外，因此感到驚訝，有時也用於表達認為對方說話不合理。

💡 **參考** 在口語時使用，僅用於疑問句。

例句

❶ **슬기** 왜 아직 안 와요? 30분이나 지났는데.

　　 瑟琪 怎麼還沒來？都超過 30 分鐘了。

　　 정국 뭔 소리예요? 우리 담주 목요일에 만나기로 한 거 아니에요? 이번 주였어요?

　　 正國 妳在說什麼啊？我們不是約下個星期四見面嗎？是這個星期嗎？

❷ **슬기** 다음 주부터 우리 회사는 주 4일 근무로 바뀐다던데요.

　　 瑟琪 聽說我們公司從下禮拜開始改為每週上班 4 天。

　　 정국 그게 도대체 뭔 소리입니까? 다음 주부터 바뀔 일을 아직 공지를 안 할 리가 없잖아요 . 어디서 그런 말도 안 되는 소리를 들은 거예요?

　　 正國 那到底是什麼意思啊？下禮拜就要改的事不可能還沒出公告啊，妳從哪聽來那麼荒謬的傳言？

補充說明

룸살롱

源自英文單字「room（房間）」和法文單字「salon（沙龍）」，讓人能在獨立空間喝酒的高價娛樂酒店。

31

《秘密森林》第 6 集　　　　　　　　　　🎧 031

저 왕창 깨져요

我會被臭罵一頓

用　語	왕창 깨지다
變　化	왕창 { 깨지는 / 깨져 / 깨집니다 }
釋　義	被慘痛地教訓一頓。

📺 **劇中會話**

은수　찾았대요 ! 계장님 , 서 검사님한텐 절대 말하지 말아주세요 .
　　　　저 왕창 깨져요 . 네 ?

계장　아 . 네…

은수　대신 제가 커피 쏠게요 . 네 ?

계장　아니 , 안 그러셔도…

恩秀　找到了！科長，請別告訴徐檢察官，不然我會被臭罵一頓，好
　　　　嗎？

科長　喔，好……

恩秀　那我請您喝咖啡，好嗎？

科長　不是，其實也不用啦……

說明

　　「왕창」的意思是「以非常大的規模」，「깨지다（打破）」則
是「깨어지다」的簡寫，意指「堅固的物體變成數個碎片」。「누구

에게 깨지다（被某人教訓）」是指像物體破碎或受傷一樣，被慘痛教訓一頓而感到難過，若「왕창 깨지다（被臭罵一頓）」前面接的是人，則是「크게 혼나다（被狠狠地責罵）」的意思，但如果像「돈이 왕창 깨지다（砸大錢）」一樣，在「왕창 깨지다」前面加上「돈（錢）」這一類的名詞，如「병원비（住院費）」、「식비（餐費）」、「학원비（補習費）」，則代表「花費很多費用」。

💡 參考 在口語時使用，屬於粗俗用語，在莊重場合上不宜使用。

例句

❶ **슬기** 무슨 일 있어？안색이 안 좋은데.

   瑟琪 有什麼事嗎？你臉色不太好。

   정국 어제 보고서에 숫자를 잘못 써서 과장님께 왕창 깨졌거든. 정말 괴롭다.

   正國 昨天報告的數字寫錯，所以被課長臭罵了一頓，真的好難過。

❷ **정국** 야, 너 요즘 왜 이렇게 실수가 많아？너무한 거 아냐？

   正國 喂，你最近為什麼這麼常犯錯？會不會太誇張了？

   빈이 너까지 왜 그래？나 지금 선배한테 왕창 깨지고 왔어. 나중에 얘기하자.

   小彬 怎麼連你也這樣？我才剛被前輩臭罵一頓，之後再說吧。

補充說明

쏘다

替好幾個人付飯錢，這裡的「커피 쏠게요（請喝咖啡）」和「커피 살게요（請喝咖啡）」有著相同的意義，比「사다（買）」更適合用在不需太過正式的場合。

32

《秘密森林》第 8 集

🎧 032

작작 좀 해요 !

適可而止吧！

用　語	(N 을 / 를) 작작 V
釋　義	不要太過頭，適當地行動。

📺 **劇中會話** ⸻⸻⸻⸻⸻⸻⸻⸻⸻⸻⸻⸻⸻⸻⸻⸻

여진　됐고 , 남자다운 거 좋아하시나 본데 , 남자답게 갑시다 .

동재　놔 . 씨 .

여진　작작 좀 해요 . 강진섭 하나로 모자라 ?

如珍　夠了，你不是很愛講男子氣概嗎？那就走符合男人的路線吧。

東載　放開我，可惡。

如珍　適可而止吧，姜鎮燮一個還不夠嗎？

說明

　　副詞「작작 (少、些許)」主要用於「거짓말 좀 작작 해라 (說謊也適可而止吧)」、「작작 좀 먹어라 (不要吃得太誇張)」等，在對方行為太誇張，要求他們適當節制的狀況，且不會用在「거짓말을 작작 했다 (適可而止地說謊了)」、「작작 먹었다 (適可而止地吃了)」等直述句。

💡 **參考** 在口語時使用，僅使用在命令句或勸誘句。

例句

❶ **형** 다이어트한다더니… 작작 좀 먹어라.
   哥哥 你還說要減肥……吃東西也控制一點吧。

   동생 그만해. 내가 알아서 해.
   弟弟 別說了，我會自己看著辦。

❷ **아들** 엄마 한 시간만 더 하면 안 돼요?
   兒子 媽，可以再玩一小時嗎？

   엄마 게임 좀 작작 할 수 없겠니? 벌써 다섯 시간째야.
   媽媽 你玩遊戲都不能適可而止嗎？你已經玩五個小時了。

33

《秘密森林》第 8 集　　　　　　　🎧 033

후려치기 오지네

太誇張了吧

用　語	N 이 / 가 오지다	
變　化	N 이 / 가 { 오지네 / 오지게 / 오졌다 }	
釋　義	程度太過嚴重。	

📺 **劇中會話** ....

여진　후려치기 오지네 .
동재　뭐 ?
여진　증거 없이 후려치기 오지십니다 .

如珍　真是太扯了。
東載　什麼？
如珍　你沒有證據還這樣做真是太扯了。

說明

　　「오지다」在韓語字典上的解釋為「沒有疏漏，非常紮實（出自《標準國語大辭典》）」與「心靈充足（出自《高麗大學韓國語大辭典》）」，多屬於正面敘述，然而近來卻多用於粗俗用法，並非紮實或充足之意，而是用來表達驚訝程度極高的情境。另外，此用語不只可用在正面情境，也可在負面情境下表達出諷刺意味。舉例來說，可在吃到美食時讚嘆：「맛이 완전 오지다 !（味道棒呆了）」或可在寒冷的冬天抱怨：「오늘 정말 춥네 . 겨울 날씨 오지네 .（今天真的好冷喔，

冬天的天氣太扯了）」。此場戲中的「후려치기 오지네 .（太扯了）」
則是在諷刺東載毫無證據就提出荒唐主張的行徑。

💡 參考 在口語時使用，屬於粗俗用語，在莊重場合上不宜使用。

例句

---

❶ 이번 여름은 정말 오지게도 덥구나 .
今年夏天真是熱到不行。

❷ **정국** 이 집 음식 정말 맛있다 , 완전 오졌다 .
正國 這家店的食物真好吃，簡直太讚了。
빈이 다음에 또 오자 .
小彬 下次再來吧。

Part 2
태양의 후예 [太陽的後裔]

《太陽的後裔》在 2016 年於 KBS2 電視台播映，為編劇金銀淑、楊元碩的作品。此劇以名為「烏魯克」的虛構地點為背景，是一部描述軍人與醫師戀愛故事的愛情劇，但我們很難為這部作品冠上單純愛情劇的頭銜，因劇中突破空間限制所拍出的異國美麗風景、極具臨場感的地震現場，以及投入大規模預算的戰鬥場面等，都超越了愛情劇過往的極限。《太陽的後裔》的劇情發展雖以男女愛情故事為出發點，但也描述了軍人劉時鎮與醫師姜慕妍的思想差異，以及兩種價值觀的調和問題。劉時鎮身為軍人，在不可避免的狀況下必須殺人，而姜慕妍則是在任何情況下都得救人的醫師，如此的價值觀差異所換來的便是兩人的離別，而兩人在價值觀上的調和則發生在烏魯克這個虛構地點。守護國人安全與生命的軍人劉時鎮以及無所畏懼地透過醫術拯救生命的姜慕妍，兩人在彼此的觀念調和之後，最終延續了愛情的果實。

34

《太陽的後裔》第 1 集　🎧 034

객기 부리지 마시고

不要意氣用事

用　語	객기 (를) 부리다
變　化	객기 (를) { 부리는 / 부려 / 부립니다 }
釋　義	裝作勇敢的樣子，草率行事。

📺 **劇中會話**

양아치　그냥 가던 길이나 쭉 가세요 . 괜히 장례식장 앞에서 객기 부리지 마시고 .

대 · 영　우리가 얘한테 볼일이 좀 있거든 ?

양아치　볼일 있으면 줄 서 .

流　氓　你就繼續走你的路吧，不要在殯儀館前意氣用事。

大　英　我們有事要找他好嗎？

流　氓　有事想找他就去排隊。

說明

　　「객기（意氣）」通常被解釋為「무모한 용기（魯莽的勇氣）」，但極少有單獨使用的狀況，大部分會像「객기를 부리다（意氣用事）」一樣，以句子型態出現。「객기를 부리다（意氣用事）」意指「已預想會失敗卻魯莽挑戰的行為」，使用方式如「객기 부리지 마（不要意氣用事）」，用來勸人不要行動，或像「객기를 부리다 망신을 당했

다 . (意氣用事結果卻出糗）」一樣，用來表達草率行動會導致負面
結果。

💡參考　大多在口語時使用，使用方式如「객기 부리지 마라（不要意氣用
　　　　事）」，主要用來阻止別人的行為。

例句

① **정국**　자 , 오늘 달려 보자 . 여기 소주 다섯 병 주세요 .
正國　來，今天就拚到底吧，請給我們五瓶燒酒。
빈이　쓸데없이 객기 부리지 마 . 여기 소주 한 병이요 .
小彬　你別沒事逞強，請給我們一瓶燒酒。
정국　무슨 소리야 . 오늘 먹고 죽는 거야 . 그럼 일단 세 병으로
　　　　시작하지 , 뭐 .
正國　妳在說什麼啊？我今天要喝到掛，那就先來三瓶吧。

② 한 남성이 연인에게 사랑을 증명해 보라며 어두운 밤 도로 중간에
서서 객기를 부리다가 달려오는 트럭에 치여 중상을 입었다 .
一位男子為了向戀人證明自己的愛，便意氣用事站在深夜的馬路
中央，結果被疾駛而來的卡車撞上，身受重傷。

🎧 035

나 오늘 오프니까

我今天輪休

用　　語	N（人）이 / 가 오프이다
相似用語	N（人）이 / 가 비번이다
釋　　義	（根據公司內的休假順序）沒有工作的日子。

📺 劇中會話

모연 　나 오늘 **오프니까** 이 시간 이후로 문자도 , 전화도 , 톡도 하지마 . 안 받을 거야 .

치훈 　무슨 일 있으세요 ?

모연 　어 , 데이트 .

치훈 　그 꼴로 바로 가실 거 아니죠 ? 그러시는 거 아니에요 .

慕妍 　我今天輪休，所以從現在起不准傳簡訊、打電話，也不要用通訊軟體聯絡我，我是不會接的。

治勳 　妳有什麼事嗎？

慕妍 　對，我要約會。

治勳 　妳不會這個樣子就要去赴約吧？這樣不行啦。

說明

「오프」源自英文單字「off（離開、關）」，和「비번（非值班）」意思相同。醫院、工廠等夜間也需要工作的機關會採取讓員工在平日

休息的制度，輪休和公司配給的休假不同，不須另外申請或審核，是制度上保障的休息時間。

例句

❶ **간호사** 나 내일 오프다. 오늘은 영화 보다가 늦게 자야지.
　　護理師 我明天輪休，我今天一定要看電影看到很晚。
　　친　구 그래도 너무 늦게 자지 마라. 나랑 점심 먹기로 했잖아.
　　朋　友 但也別太晚睡，不是跟我約好要吃午餐嗎？

❷ 간만의 오프여서 집에서 밀린 빨래를 좀 하려고.
　　好久沒輪休了，所以打算把家裡沒洗的衣服洗一洗。

36

《太陽的後裔》第 2 集　　　🎧 036

어금니 꽉 물어라

給我把皮繃緊一點

用　　語	어금니 (를) 꽉 물다
變　　化	어금니 (를) 꽉 { 무는 / 물어 / 뭅니다 }
相似用語	어금니 (를) 꽉 깨물다
釋　　義	(犯下大錯時，做好被責罵的準備) 徹底做好覺悟。

📺 **劇中會話**

치훈　어 , 찾았다 ! 수술복 주머니였네 .

모연　스탠드 업 . (주먹을 쥐고 때리는 시늉을 하며) 어금니 꽉 물어라 .

치훈　네 . (도망간다)

治勳　啊，找到了！原來在手術服的口袋裡。

慕妍　站起來。（握緊拳頭作勢要打人）你給我把皮繃緊一點。

治勳　是。（逃跑）

說明

　　這句話可用來提醒犯錯的對象，讓他們在被教訓前先做好心理準備，或者雖然沒有要責罵對方，但用來提醒對方必須好好反省；因為在上述情境才會使用這句話，所以大多會用命令句形式，如：「어금니 꽉 물어라 . （給我把皮繃緊一點）」劇中的治勳在脫下的手術服口

袋裡找到弄丟的戒指，前輩慕妍是為了教訓他才會說這句話，但治勳應聲之後就飛快地逃跑了。

💡 參考　屬於粗俗用語，建議只對親近者或下屬使用。

例句

❶ **정국**　그 녀석이 , 어린 것이 하도 까불어서 어금니 꽉 물라고 할 뻔했잖아 .

　　正國　那臭小子，年紀小又調皮，我差點就想叫他把皮繃緊了。

　　빈이　흥분하지 마 . 참아 .

　　小彬　別激動，忍一忍吧。

❷ 그는 자신한테 악플을 단 네티즌들을 모두 고소했다며 SNS에 "어금니 꽉 물어!" 라는 경고의 글을 올렸다.

　　他表示已對所有留下惡評的網友提告，並在社群媒體上發了「給我把皮繃緊！」的警告文章。

補充說明

스탠드 업
源自英文單字「stand up（站起來）」，此處是要求對方站好的意思。

악플
在網路上詆毀特定對象的留言。

37

《太陽的後裔》第 3 集　　　　　🎧 037

되게 오랜만이지 말입니다

真是好久不見了

用　語	V/A- 지 말입니다	
釋　義	（多用在軍隊，帶有尊敬對方的意義）用來當句子收尾的用語。	

📺 **劇中會話**

대영　무슨 일 있었습니까?
시진　울렸습니다.
대영　그새?
시진　저도 스스로에게 놀라고 있는 **중이지 말입니다**.

大英　發生了什麼事嗎？
時鎮　我把她弄哭了。
大英　這麼快？
時鎮　我也對自己感到非常驚訝啊。

說明

　　若時鎮並非軍人而只是一般人，則應該會說：「저도 스스로에게 놀라고 있는 중이지요.（我也被自己嚇到了啊。）」，《太陽的後裔》中經常出現的表達－「- 지 말입니다」為軍隊中使用的特殊語調。軍隊會要求軍人使用符合軍人形象的語調，因此對答時會使用「- 다／- 까」形式的語尾，如「명령에 따르겠습니다.（遵命）」以及「모두 잘할 수 있습니까?（大家都能做得好嗎？）」。

那麼為何軍隊裡不用「- 요」，反而使用「말입니다」呢？以軍人的角度看來，「- 요」的語氣不合禮儀，因此在上下位階分明的軍人世界中禁止使用「- 요」，反而以「- 다」結尾的「말입니다」為替代。事實上，軍中判定「- 지 말입니다」屬於不自然的語法，已勸導軍人不要使用，但此語法因《太陽的後裔》獲得相當高的人氣，當時甚至還出現軍人因此更常使用「- 지 말입니다」的相關報導。

💡 **參考**　在口語時使用。

例句

❶ **명주**　되게 오랜만이지 말입니다 .
　　明珠　真是好久不見了。
　　대영　네 , 그렇습니다 .
　　大英　是，沒有錯。
　　명주　저 피해 다니시느라 수고가 많으실 텐데 , 얼굴은 좋아 보입니다 ?
　　明珠　你為了躲我應該很辛苦吧，但怎麼臉色看起來還不錯呢？

❷ 국방부의 말투 개선 지침에 따라 앞으로 군복무 중인 병사들은 "김 상병님이 말씀하시지 말입니다 ."와 같은 어색한 말투 대신 "김 상병님이 말씀하세요 ."라고 해도 된다 .
根據國防部語法改善方針，未來服役中的士兵們可使用「김 상병님이 말씀하세요 .」取代「김 상병님이 말씀하시지 말입니다 .」這樣不自然的語法。

38

《太陽的後裔》第 3 集　　🎧 038

파토 내는 거 전문이거든요

專門搞破壞

用	語	파토 (를) 내다
變	化	파토 (를) { 내는 / 내 / 냅니다 }
釋	義	妨礙某件事，使其無法順利進行。

📺 **劇中會話**

모연　역시 , 걔가 남녀 사이 파토 내는 거 전문이거든요 . 근데 , 거래 조건이 뭔데요 ?

시진　여기서부턴 내가 등장하죠 .

慕妍　我就知道，她就是破壞男女關係的專家，不過交換條件是什麼啊？

時鎮　從這裡開始就換我出場了。

說明

　　原為花牌 (화투) 用語，若因牌局產生失誤而須使遊戲失效時，便會說「파토가 났다 (破局)」，雖然「파투가 났다」才符合標準語法，但大家通常會說「파토가 났다」，使用「파토가 나다」是表示遊戲破局的狀況。

　　但若使用「파토를 내다 (搞破壞)」則有蓄意的意味。通常刻意使遊戲破局者都是在牌局中處於不利者，而刻意阻撓、導致事情無法順利進行的行為就叫做「파토를 내다 (搞破壞)」。劇中的「걔 (她)」

所指的是明珠，慕妍之所以會說明珠是「破壞男女關係的專家」，是因為她誤以為明珠從中破壞自己和時鎮的感情發展。

💡 參考　大多在口語時使用，標準語為「파투 내다」，但常被寫成「파토 내다」。

例句

① **정국**　왜 내 건 네 장이지？
　　正國　為什麼我有四張？

　　슬기　어, 모두 세 장 들고 있어야 하는데…
　　瑟琪　咦，應該每個人都是三張才對啊……

　　정국　아싸, 기분 좋다! 파토 났어.
　　正國　太好了，真開心！遊戲破局了。

　　예진　너 일부러 파토 낸 것 아냐？
　　藝珍　你是故意搞破壞的吧？

② **오 상무**　김 팀장, 협상 분위기가 어때？
　　吳常務　金組長，剛才協商的氣氛如何？

　　김 팀장　영 찜찜합니다. 아무래도 파토 내려고 작정하고 나온 거 같습니다.
　　金組長　我總覺得不太對勁，對方好像是來搞破壞的。

　　오 상무　큰일났네. 사장님께 얼른 보고 드려야겠군.
　　吳常務　完蛋了，得快點向社長報告才行。

補充說明

• 화투 牌上有象徵十二個月份的花，是一種卡牌遊戲。

39

《太陽的後裔》第 4 集　　🎧 039

혹시나 했는데 역시나

本來還抱著希望，但果然沒錯

用　　語	혹시나 했는데 역시나
相似用語	혹시나 했더니 역시나
釋　　義	本來期待有更好的可能，結果卻跟預想的一樣。

📺 **劇中會話**

닥 터 송　혹시나 했는데 역시나 이 환자 수술 흔적이 있어 .

모　　연　조직들 간에 유착이 심해요 . 이거부터 제거하고 들어가죠 . 순서대로 , 확실하게 .

하 간호사　혈압이 급격히 떨어지고 있어요 ! 출혈이 너무 심합니다 !

宋 醫 師　我本來還抱著希望，但這個病人身上果然有手術的痕跡。

慕　　妍　組織間嚴重沾黏，先除掉這個再說吧，按照順序，確實執行。

河護士長　血壓正在急速下降！出血太嚴重了！

說明

　　本來期待有其他可能性，但事情如意料之中時就可使用這句話，且通常用於負面的結果。劇中的宋醫師和慕妍正在進行手術，並從患者過去的病歷找出病危原因，他們本希望患者沒有動過其他手術，但結果卻和他們擔憂的狀況一樣，因此用這句話表達該情境。

① **동료 1** 선거 끝나고 나니 어김없이 국회의원들 선거법 어겼다는 기사로 도배가 되네 .

同事 1 選舉結束後果然充滿了國會議員違反選舉法的報導呢。

동료 2 혹시나 했는데 역시나지 , 뭐 . 정치인들 다 도둑놈들이야 .

同事 2 我本來還有所期望呢，政客們果然都是小偷啊。

② 두 달 전 검찰은 독립적 수사 , 공정한 수사를 다짐했으나 결국 말뿐이었다 . 혹시나 했더니 역시나였다 .

檢察官兩個月前還下定決心要做獨立公正的搜查，結果卻只是空口說白話，本來還抱有期待的，但果然還是一樣。

補充說明

유착
本應該互相分離的組織卻和周邊的物體黏在一起。

도배 (가) 되다
針對特定對象的意見或新聞報導反覆出現。

40

《太陽的後裔》第5集　🎧 040

미치겠네, 정말.

真的快瘋了

用　語	미치겠다
變　化	미치겠네, 미치겠어요
相似用語	돌겠다, 미치고 팔짝 뛰겠다
釋　義	（遇到無妄之災，感到痛苦或鬱悶時所說的話）痛苦或鬱悶的程度令人發狂。

📖 劇中會話 ....

시진　더 복잡해졌겠네요, 마음이. 그냥 나한테 맡겨 볼 생각은 없어요?

모연　미치겠네, 정말. 유시진 씨가 이러니까… 난 자꾸 더 복잡해지죠.

時鎮　妳的心應該更混亂吧，不考慮直接交給我嗎？

慕妍　真的快瘋了，就是因為你這個樣子……才更讓我心亂啊。

說明

　　「미치다（發瘋）」原指醫學領域中精神異常導致言行異於常人的症狀，但韓國人在日常生活中常使用「미치다（發瘋）」，意指某個理由使自己痛苦到快要發瘋的程度，另外也會使用相似用語「돌겠네, 돌아 버리겠네.（快瘋了）」，此為比「미치겠네（快瘋了）」更

粗俗的表現。時鎮在劇中悄悄地向慕妍表達自己的心意，慕妍就用這句話來表示自己難以下決定、內心矛盾的狀態。

💡 參考　大多在口語時使用，用於自言自語。

例句

① **예진**　저기 걸어오는 남자 니 전 남친 아니니 ?
　藝珍　那個走進來的男生不是你前男友嗎？

　슬기　미치겠네 , 정말 . 원수는 외나무다리에서 만난다더니 .
　瑟琪　真的快瘋了，難怪人家都說冤家路窄。

　예진　어떡해 . 저 사람 너 보는 거 같아 .
　藝珍　怎麼辦，他好像在看妳耶。

② **친구 1**　벌써 8시 55분이야. 9시 시험인데 어떡해?
　朋友 1　已經 8 點 55 分了，9 點就要考試了，怎麼辦？

　친구 2　앞에 사고라도 난 모양이야 . 정말 미치겠다. 시험 시간에 늦겠어 .
　朋友 2　前面好像出車禍了，真的快瘋了，要趕不上考試時間了。

補充說明

원수는 외나무다리에서 만난다
（在獨木橋上遇到冤家）在無法避開的地方遇到不想見面的對象。

41

《太陽的後裔》第 5 集　　🎧 041

평범한 재벌 이세였다면…

如果只是平凡的富二代……

用　語	재벌 이세
釋　義	繼承大規模企業的子女。

📺 劇中會話

시진　나도 하나 물어봅시다 . 내가 군인이 아니라 평범한 재벌 이세
였다면 우린 좀 쉬웠습니까 ?

모연　아니요 , 그건 너무 평범해서 .

시진　그쵸 ? '잘생긴'을 빼먹고 너무 평범하게 물었네요 , 제가 .

時鎮　那我也問妳一句，如果我不是軍人，只是平凡的富二代，我們
之間的關係會不會比較容易呢？

慕妍　不會，那樣太平凡了。

時鎮　對吧？我忘了加上「長得帥」的條件，問得太平凡了。

說明

　　60-70 年代時，韓國透過由單一財閥掌握多種產業的經營方式實
踐了高速經濟成長，但在這個「漢江奇蹟」的背後也產生了財富集中
在特定財閥的問題，而財閥也是韓國電視劇中經常使用的重要題材。
本以為是平凡的男子，結果竟是「財閥二世」的故事，就是韓國電視
劇中常出現的經典橋段之一，韓劇中的平凡女子遇見財閥二世的橋段
也成了打造現代版灰姑娘的故事軸心。近年來，大部分的「財閥二代」

皆已步入老年期，因此電視劇中逐漸可見到「財閥三代」的角色。時鎮在劇中提到的「平凡的富二代」，可算是對韓國愛情劇經典橋段的小小揶揄。

例句

① **정국** 넌 꿈이 뭐야 ?

　　正國　妳的夢想是什麼？

　　빈이 응 , 재벌 2 세 . 그런데 우리 아빠가 노력을 안 해 .

　　小彬　嗯，當富二代，但我爸爸都不努力。

② 조 전 부사장의 사건으로 우리 사회 재벌 3~4 세들의 경영 행태와 도덕성이 문제가 되고 있다 .

　　由趙前副社長的事件可看出，韓國財閥 3~4 代的經營型態和道德意識正引起社會問題。

42

《太陽的後裔》第 6 集 042

열 번 찍어 안 넘어가는 나무 없지 말입니다

沒有砍十次還砍不倒的樹

用 語	열 번 찍어 안 넘어가는 나무 없다
釋 義	若持續向異性表達愛意，最終必能獲得愛情。

📺 **劇中會話**

대영 잘 된 겁니까 ?

시진 잘 안 됐습니다 . 어째 전 휴가 때마다 차이는 기분입니다 . 하이고 , 아직은 생각이 좀 나는데 곧 괜찮아지겠지 말입니다 .

대영 열 번 찍어 안 넘어가는 나무 없지 말입니다 .

大英 進行得還順利嗎？

時鎮 不太順利，怎麼我每次休假都有種被甩的感覺，唉，我目前還在想，但應該很快就沒事了吧。

大英 沒有砍十次還砍不倒的樹啊。

說明

　　這句俗諺的原意為不論再怎麼巨大的樹，只要持續用斧頭砍，就一定能將這棵樹砍倒，代表「只要付出努力，就能做到任何事」的意思，不過這句俗諺在近年來卻產生了意義上的轉變，變成「持續表達愛意就可成功發展戀曲」的意思。雖然過去的社會風氣較能容忍死纏爛打的求愛行為，但現代社會的人們已逐漸認知跟蹤和尾隨是一種犯罪行為，因此這句話也越來越常被用來表達負面意義。劇中的大英詢

問時鎮：「잘 된 겁니까？（進行得還順利嗎？）」以確認時鎮是否求得慕妍的芳心，但是卻聽到否定的答案，因此用這句話來鼓勵時鎮。

例句

❶ 정국 남자가 그렇게 패기가 없어서 어떡해 ？ 열 번 찍어 안 넘어가는 나무 없다 ！

正國 男人怎麼能這麼沒魄力？沒有砍十次還倒不了的樹啊！

빈이 언제적 이야기냐 ？ 그러다 스토커로 잡혀간다 .

小彬 這句話太老套了吧？小心這樣會被當成跟蹤狂逮捕啊。

❷ 스토커들은 '열 번 찍어 안 넘어가는 나무 없다', '너무 사랑해서 그렇다' 는 식으로 자신의 행위를 합리화시키는 경우가 많다 . 그러나 스토킹은 엄연한 범죄이다 .

許多跟蹤狂們都把「沒有砍十次還砍不倒的樹」、「太過深愛對方」當藉口，以合理化自己的行為，但跟蹤是明確的犯罪行為。

補充說明

차이다

（主要用在男女關係）某一方單方面斷絕和對方的關係，使用方式如「A 가 B 에게 차이다（A 被 B 甩了）」或「A 가 B 를 차다（A 甩了 B）」。

스토커

源自英文單字的「stalker」，指明明對方不喜歡，卻仍死纏爛打、威脅對方的人。

43

《太陽的後裔》第 8 集 🎧 043

나이롱 환자

冒牌病人

用　　語	나이롱 N
釋　　義	實際上並非如此，卻假裝那樣的人。

📋 **劇中會話**

시진　너 아까 기억 나냐 ?

명주　뭐 말입니까 ?

시진　서 상사 멀쩡한 거 보고도 드는 생각이 없어 ? 중간에 서 상사 내가 내보냈다 .

명주　그래서 평소보다 친절한 거 못 느끼셨습니까 ? 단결 ! 저 환잔 내가 볼 테니까 이 나이롱 환자는 강 선배가 봅니다 .

時鎮　妳記得剛才的事嗎 ?

明珠　你指什麼事 ?

時鎮　妳看到徐上士正常的樣子也沒有任何想法嗎 ? 我中途就把徐上士送走了。

明珠　所以你沒發覺他比平常還親切嗎 ? 團結 ! 那位病人由我負責，這位冒牌病人就由姜前輩負責。

說明

　　「나이롱」是標準語「나일론（尼龍）」的日語式發音，所以並非標準語，「나일론（尼龍）」是用於製造衣料、漁網、降落傘等的人造纖維。根據民間流傳的說法，人工製造的「나이롱」衍生出「가

짜（冒牌）」的意思，所以才會用「나이롱 환자」來指稱「冒牌病人」，還可以用在「나이롱 신자（冒牌信徒）」、「나이롱 코로나（冒牌新冠肺炎）」等用詞。劇中的明珠以「나이롱 환자（冒牌病人）」指稱時鎮，因為他從崩塌的建築物逃出來，本能夠正常行走，卻在看到慕妍之後開始裝病，並躺在擔架上。

💡 參考　標準語為「나일론（尼龍）」，但常寫作非正式用語的「나이롱」。

例句

❶ 고　객 병원 진료를 받을 상황이 아닌데도 불필요하게 장기간 입원을 하고 돈을 요구한다면 보험 사기로 볼 수 있나요 ?

　客　戶 如果病情不需醫院診治，卻進行非必要的長期住院並要求賠償，可以視為保險詐騙嗎？

　변호사 다치지 않은 사람이 입원을 하면 보험 사기로 인정할 수 있는 사례이긴 합니다 . 흔히 나이롱 환자라고 하지요 ?

　律　師 若是沒有受傷卻住院，確實可以被當作保險詐騙的案例，這就是大家常說的冒牌病人吧？

❷ 전국 병·의원에 입원 중인 교통사고 환자 3천여 명을 조사한 결과, 병원의 허락 없이 무단 외출 또는 외박한 환자가 17.2%에 달했다. 보험사들은 이 중 상당수가 나이롱 환자일 것으로 추정하고 있다.

　根據調查全國醫院 3 千餘名交通事故住院患者的結果，有 17.2% 的患者未經醫院允許便外出或外宿，保險公司認為其中應有相當多數為冒牌病人。

補充說明

· **신자** 信仰宗教的人。

44

《太陽的後裔》第 8 集

🎧 044

엄청 쫄았을 거야

一定很害怕

用 語	쫄다
變 化	쪼는 , 쫄아 , 쫍니다
釋 義	非常害怕

📺 **劇中會話**

시 진 근데 그 여자 지금 밖에서 엄청 쫄았을 거야 . 나 죽은 줄 알고 . 이럴 줄 알았으면 고백 받아줄 걸 그랬나 , 이런 생각하면서 .

근로자 그래서 쌤통이에요 ?

시 진 아니 , 걱정돼 .

時 鎮 但她現在在外面一定很害怕,她以為我死了,而且一定在想:「早知如此就應該接受告白的。」

工 人 所以你覺得她活該嗎?

時 鎮 沒有,我很擔心她。

說明

　　在煮湯或鍋類時,會用「졸다(煮乾)」來形容水分蒸發的狀態,此用語則是將「졸다(煮乾)」的「ㅈ」變為「ㅉ」,雖然「쫄다」仍不被納入標準語,但比起「국물이 졸았다(湯乾掉了)」,人們其

實更常說「국물이 쫄았다」。此外，「쫄았다（害怕）」可用來形容內心懼怕的狀態，此時會說「너 쫄았지 ?」而非「너 졸았지 ?」。

💡 參考　在口語時使用，屬於粗俗用語，在莊重場合上不宜使用。

例句

❶ **모연**　쫄지 마요 . 퇴근해서 온 거니까 .
　　慕妍　不要怕，我是下班後才來的。

　　시진　집으로 안 가구요 ?
　　時鎮　妳沒有回家嗎？

　　모연　오늘까진 내가 당신 보호자거든요 .
　　慕妍　到今天為止我都是你的家屬好嗎。

❷ 요즘 들어 주식이 돈이 된다면서 쫄지 말고 투자하라는 권고를 자주 듣는다 .
　　聽說最近股票很賺錢，所以常有人建議大家可以放膽投資。

補充說明

쌤통

當別人遇到壞事時用來幸災樂禍的話，主要使用方式如「그거 쌤통이다 . (那真是活該)」。

45

《太陽的後裔》第 9 集　　　　🎧 045

눈 깔아 !

還敢看我！

用　語	눈 깔아
變　化	눈 { 깔아 / 깔아라 }
釋　義	（貶低對方，要求對方屈服）要人將視線往下的意思。

📺 劇中會話

진 소장　나 진영수야 . 그리고 너 , 이 기집애가 군복 입고 계급장 달
　　　　았다고 뵈는 게 없나 . 확 그냥 .
대　영　얘기 좀 합시다 . 밖에서 조용히 나와 일 보십쇼 .
진 소장　놔 , 야야야야 ! 안 놔 ? 눈 깔아 ! 이거 놓으라구 , 안 놔 !

陳所長　我可是陳永壽，還有妳，一個小丫頭穿上軍服、掛上軍徽就
　　　　目中無人了嗎？小心我修理妳。
大　英　我們談一談吧，安靜地到外面好好處理。
陳所長　放開，喂！還不放開嗎？還敢看我！我叫你放手，還不放開！

說明

　　人們在對話時通常都會注視彼此的雙眼，命令對方將視線往下就
等於要求對方屈服於自己，這代表話者不認為對方和自己有同等地
位，而是從屬關係，因此，除了好友之間的玩笑話以外，此用語幾乎
不得使用，是非常侮辱對方的表現，必須特別注意。

例句

❶ **학　생**　제가 뭘 잘못했다고 그러세요 ?
　學　生　我到底做錯了什麼？
　선생님　어디 버르장머리 없게 . 눈 깔아라 .
　老　師　竟然如此沒大沒小，還敢看我啊。

❷ 임 씨는 신경전을 벌이다 우리 쪽으로 다가와 "눈 깔아 !" 라고 말했고 , 우리는 놀라서 사람을 잘못 봤다고 변명을 했다 .
　林先生先前展開心理戰，走向我們並說：「還敢看我！」我們被他嚇得趕緊解釋自己是看錯人。

補充說明

- 버르장머리
- 「禮貌」的粗俗說法。

46

《太陽的後裔》第 9 集　 046

언제 고무신 거꾸로 신을지 모르는 거다

不知道什麼時候會反穿橡膠鞋

用　語	고무신 (을) 거꾸로 신다
變　化	고무신 (을) 거꾸로 { 신는 / 신어 / 신습니다 }
釋　義	（女性）拋棄原本的交往對象，與其他人交往。

📺 劇中會話

최 중사　난 강 선생 맘에 안 들어 .

임 중사　왜 말입니까 ? 돈 잘 버는 의사에 , 얼굴 예쁘고 , 좋지 않습니까 ?

최 중사　그래서 안 좋은 거야 . 돈 잘 벌고 예쁜 여자가 군인을 왜 만나 ? 타지 나와 잠시 흔들린 마음 , 언제 고무신 거꾸로 신을지 모르는 거다 . 우리가 뭐 하는지 알기라도 해 봐 . 부대 옮겨라 , 군복 벗어라 , 안 봐도 비디오지 .

崔中士　我不喜歡姜醫生。

林中士　為什麼呢？她既是會賺錢的醫生，長得又漂亮，不是很好嗎？

崔中士　就是這樣才不好啊，很會賺錢又漂亮的女生怎麼會跟軍人交往？她只是身在異鄉才突然心動，都不知道什麼時候會被兵變呢！要是她知道我們的工作內容，一定會要我們調部隊，辭掉軍人的工作，不用想都知道。

說明

　　大多用於女性在男性當兵期間變心，與其他人交往的狀況，韓國

男性皆有義務在一定期間服役，所以若在與異性交往期間去當兵，就不得不與戀人長時間分隔兩地，此時，若留在外部社會的女性改與其他男性交往，宣告與原交往對象分手的話，就可使用此用語，此外，隱喻男性在軍隊中與其他女性交往的情形則會使用「군화를 거꾸로 신는다（反穿軍靴）」。

例句

① **일병** 김 병장님 , 제 여친이 고무신을 거꾸로 신었습니다 . 어떻게 합니까 ?

一兵 金兵長，我被女友兵變了，該怎麼辦？

병장 야 , 어떡하긴 . 어차피 한번 마음 떠나면 돌아오지 않는다 .

兵長 喂，還能怎麼辦，反正只要變心就不會再回頭了。

② 대통령은 최전방 부대 훈련병들에게 " (여자친구가) 고무신을 거꾸로 신지 않도록 정부도 노력할 테니 , 여러분도 국방의 의무를 다하면서 건강하고 성숙된 몸과 정신으로 원래 있던 자리로 돌아가는 것을 또 하나의 임무라고 생각해 주시기 바랍니다 ."라고 당부했다 .

總統叮囑最前線的訓練兵：「政府也會努力讓大家不被（女朋友）兵變，希望大家能盡到國防義務，並以健康成熟的身心靈回歸原位，就當作是各位的另一項任務。」

補充說明

안 봐도 비디오

即使不親自體驗也知道會發生什麼事，相似用語還有「안 들어도 오디오 (不用聽也知道)」，另外也有人會將兩者放在一起使用，如「안 봐도 비디오 , 안 들어도 오디오 (不看不聽也知道)」

타지 非原本生活的地方，其他地區。

47

《太陽的後裔》第9集　　🎧 047

오늘부터 1일인 건가?

今天開始算第 1 天嗎？

用　語	오늘부터 1일
釋　義	（用來表達男女從今天開始交往）交往第 1 天。

📖 劇中會話

닥 터 송　그러니까 정리하면 , 강 팀장이 유 대위한테 고백을 한 게 맞는 거지 ?

하 간호사　정황상 유 대위가 먼저 고백을 했다고 봐야 순서는 맞지 .

모　　연　배운 분들답게 뒷담화는 뒤에서 하시죠 ? 자 , 집중합시다 . 내일 출발하는 1차 귀국팀들은…

닥 터 송　그럼 둘은 오늘부터 1일인 건가 ?

宋醫師　所以簡而言之，是姜組長對劉大尉告白的吧？

河護士長　但從整體狀況看來，應該算是劉大尉先告白的吧。

慕　妍　請保持修養，說閒話記得在背後說好嗎？來，專心一點，明天要出發的第一批回國組是……

宋醫師　所以你們從今天開始算第 1 天嗎？

說明

　　相愛的男女經常會計算交往天數，比如說紀念交往 100 天或 1000 天，相愛的男女在確認彼此心意、開始戀愛時，便會使用「오늘부터

1일（從今天開始算第 1 天）」這個用語。

例句

① **선배** 나 할 말 있어서 전화했습니다 .
　 前輩　我打電話來是有話想跟你說。
　 후배 무슨…?
　 後輩　什麼話……？
　 선배 우리 사귑시다. 오늘부터 1일 하자구요.
　 前輩　我們交往吧，從今天開始算第 1 天吧。
　 후배 좋아요 . 완전 좋아요 .
　 後輩　好啊，我非常樂意。

② 방송인 유 씨와 김 씨가 TV 예능 프로그램에서 '오늘부터 1일' 을
　 선언하고 첫 데이트에 나선다.
　 演藝人員劉先生和金小姐在綜藝節目上宣布「從今天開始算第 1
　 天」，並展開第一次的約會。

補充說明

정황상 從各種狀況下推論的話。

뒷담화

說別人壞話或指這種行為，因為在討論關於他人的負面話題時，通常不會在
當事人面前，而會在他不在的地方，換句話說，也就是「他的背後」，因此
取「뒤에서 하는 이야기（在別人背後說的話）」之意，使用「뒷담화（閒話）」
一詞。

48

《太陽的後裔》第 9 集 🎧 048

차도 두 대나 해 먹고

還搞砸了兩台車

用　　語	**해 먹다**
變　　化	**해 { 먹는 / 먹어 / 먹습니다 }**
相似用語	**말아먹다**
釋　　義	破壞物品或有金錢損失。

📺 **劇中會話**

모연　몇 번째야 , 대체 . 아니 뭐 , 맨날 죽을 뻔해 , 나는 . 차도 두
　　　　대나 해 먹고 .

시진　그러게요 . 난 강 선생이랑 멜로하고 싶은데 자꾸 블록버스터
　　　　네요 .

慕妍　到底都第幾次了，我怎麼老是差點沒命啊？真受不了，甚至還
　　　　搞砸了兩台車。

時鎮　就是說啊，我想和姜醫生演愛情劇，卻老是演成動作大片呢。

說明

　　「해 먹다（做來吃）」通常是指「做食物來吃」，例如「오늘 스
파게티 해 먹었어요 .（今天做了義大利麵來吃）」或「어제 김치찌개
해 먹었어요 .（昨天做了泡菜湯來吃）」，都是最普遍的使用方式。
但如果將「해 먹다」用在關於錢、房子、汽車等財產時，則會產生「賠
損」的特殊意義，另外此用語偶爾也會用來批評對方不當搶奪成果的

狀況，如：「다 해 먹어라 . (全拿去吧)」

💡 參考　在口語時使用，屬於粗俗用語，在莊重場合上不宜使用。

例句

❶ **정국**　형식이가 주식 시작하자마자 3일 만에 3백 해 먹었대.
　正國　聽說炯植一開始玩股票就在 3 天內賠了 3 百萬。

　빈이　주식은 아무나 하는 거 아니라고 그리 말렸건만 .
　小彬　我已經勸過他股票不是誰都玩得起的了。

　정국　이제 시작한 거니까 좀 두고 보지 , 뭐 .
　正國　他才剛開始而已，再觀察看看吧。

❷ 가장 친한 친구에게 사기를 당해 집을 한 채 해 먹었다 . 세상에 믿을 놈 하나도 없어 .

我被最親近的朋友詐騙，賠了一間房子，世界上真是沒有一個人能信任。

補充說明

멜로
主要講述男女愛情故事的電影或電視劇。

블록버스터
在美國好萊塢電影系統之下花費鉅額邀請知名演員，使用華麗動作戲、電腦繪圖等的電影巨作。

49

《太陽的後裔》第 10 集　　🎧 049

라면 먹고 갈래요？

要不要吃碗泡麵再走？

用　語	라면 먹고 갈래요
釋　義	要不要一起睡一晚？

📺 劇中會話 ┄┄┄┄┄┄┄┄┄┄┄┄┄┄┄┄┄┄┄┄┄┄┄┄┄┄┄┄┄┄┄┄┄┄┄┄┄┄

시진　그냥 잠들긴 좀 아쉬운 밤이지 않나？라면 먹고 갈래요？
모연　뭐지, 이 성의 없는 19 금 대사는？
시진　되게 진정성 있는 유혹인데.
모연　콜！

時鎮　不覺得今晚直接睡覺很可惜嗎？要不要吃碗泡麵再走？
慕妍　這是什麼毫無誠意的限制級攻勢啊？
時鎮　我是誠心誠意地在誘惑妳耶。
慕妍　那好吧！

說明

　　此為 2001 年上映之電影《春逝》中，演員李英愛邀請劉智泰到自家時所說的知名台詞，原本的台詞是「라면 먹을래요？（要吃泡麵嗎？）」，之後大眾便習慣使用「라면 먹고 갈래요？（要不要吃碗泡麵再走？）」。雖然《太陽的後裔》的這句台詞是單純用來邀請對方吃泡麵，但也藉由使用「19 금 대사（限制級攻勢）」一詞，意圖同時表達雙重意義。

💡 參考 大多在口語時使用，用於疑問句。

例句

- -

❶ 남자친구　넌 그런 거 없어？ 라면 먹고 갈래 , 이런 거 .
　　男 朋 友　妳都沒有那種想法嗎？要不要吃碗泡麵再走，這一類的。
　　여자친구　전 라면 안 좋아하는데요 .
　　女 朋 友　我不喜歡泡麵。
　　남자친구　음 , 그렇구나 .
　　男 朋 友　嗯，原來如此。
　　여자친구　오빠 , 넷플릭스 보고 갈래요？
　　女 朋 友　哥哥，要不要一起看 Netflix 呢？

❷ 이태리어에는 "라면 먹고 갈래？" 라는 말은 없고 , 대신 비슷한
뉘앙스로 "우리 집에서 술 한 잔 더 할래？" 라는 식으로 말한다
고 한다 .
據說在義大利文中沒有「要不要吃碗泡麵再走？」這種說法，但
是有「要不要去我家再喝一杯？」的相似說法。

補充說明

19 금
禁止未滿 19 歲者接觸煽動或暴力的內容，在電影分級制度中，若是 19 歲以
下不得觀看的電影便會冠上此用詞，並且此用詞和「19 금 대시（限制級攻
勢）」一樣，幾乎已成為色情的代名詞。

대시
源自英語「dash（衝刺）」，指積極表現出對異性的關注。

50

《太陽的後裔》 第 10 集　　　　🎧 050

짱 좋습니다

超棒的

用	語	짱 좋다
變	化	짱 { 좋은 / 좋아 / 좋습니다 }
釋	義	非常好。

📺 **劇中會話** ▪▪▪

명주　와아 ! 날씨가 **짱 좋습니다** . 옆에 앉은 남잔 더 좋고 .

대영　시커먼 군인 아저씨랑 민사 작전 나가는 게 뭐 그렇게 좋습니까 ?

명주　눈이 높아 그럽니다 .

대영　눈 높은 거 확실합니까 ?

明珠　哇！天氣超棒的，坐在旁邊的男生更棒。

大英　和黑漆漆的軍人大叔出來民事作戰有什麼好開心的？

明珠　因為我眼光很高。

大英　妳確定妳眼光很高嗎？

說明

　　「짱」源自於「장（頭目、首領）」，有「매우（很）」、「아주（非常）」、「대단히（相當）」的意思，是用來強調程度的用語。雖然劇中的明珠和大英是外出工作，但是天氣極好且路途暢通，所以他們非常開心，因此明珠才會搭配感嘆詞「와아（哇）」並喊出這句話。

💡 參考　在口語時使用，屬於粗俗用語，在莊重場合上不宜使用。

例句

❶ 거제도에서 우리가 묵었던 리조트 숙소 짱 좋았어 !
　我們在巨濟島住的度假村真的超棒的！

❷ 이 세상 그 누구보다 내 마음을 알아주는 너가 너무 좋아 , 짱 좋아 .
　你比世界上任何人都了解我，我太喜歡你了，超喜歡。

補充說明

시커먼 군인 아저씨

這裡的「시커먼（黑漆漆）」是指「被陽光曬黑的膚色」，「아저씨（大叔）」則是指成人男子。

민사 작전

軍人以一般市民為對象進行的醫療、設施等支援活動。

51

《太陽的後裔》第11集　　　　　🎧 051

군기 잡을 거 다 잡고

把秩序都整頓好

用	語	군기 (를) 잡다
變	化	군기 (를) { 잡는 / 잡아 / 잡습니다 }
釋	義	（意指整頓軍中的紀律）在職場或學校中教育下屬或後輩，讓他們遵守既定的規則或秩序。

📺 **劇中會話**

시진　애들 군기 잡을 거 다 잡고 , 밥도 머슴밥 먹고 , 좀 전에 잡니다 .
대영　정상일 줄 알았습니다 .
시진　드문 경우 감염됐더라도 증상이 나타나지 않을 수도 있다고 하더군요 .
대영　드문 여자니까 그랬으면 좋겠습니다 .

時鎮　我把孩子們都整頓好，也讓他們好好吃過飯，剛才睡著了。
大英　我還以為是正常的。
時鎮　聽說有極少數案例即使感染了也不會出現症狀。
大英　她也是很稀有的女人，希望她就是如此。

說明

　　若用在正面情境，是指軍中上司教導下屬遵守軍規的行為；若用在負面情境，則代表沒事找碴、強迫人遵守不必要的指示，例如硬性

規定新生跑來向學長姐打招呼、強迫喝酒，或要求化妝或髮型等強制服儀規定，就是所謂的「군기 잡기（下馬威）」或「선배 갑질（擺前輩架子）」。

例句

① **빈이** 애들 집합 좀 시켜 . 선배가 와도 인사할 줄도 모르고 .
　小彬 叫學弟妹來集合，學長姐來了都不知道要打招呼。
　정국 어디서 복학하자마자 **군기 잡으려고** 그래? 너 1학년 때 생각 안 나냐?
　正國 妳怎麼才剛復學就這樣擺架子啊？不記得一年級的事了嗎？
　빈이 내가 뭘 어쨌다고 ?
　小彬 我有怎麼樣嗎？
　정국 인사하기 싫다고 선배들 멀리서 나타나면 피해 다녔잖아 ?
　正國 妳那時候不是不想和學長姐打招呼，所以都躲得遠遠的嗎？

② 선후배 간에 벌어지는 **군기 잡기** 등 가혹 행위도 엄연한 폭력에 해당하므로 처벌 받을 수 있다 .
前後輩之間下馬威等苛刻的行為也屬於暴力的一種，因此也可能受罰。

補充說明

머슴밥
盛得滿滿的飯。此處的「머슴밥 먹고」是指正在好好用餐的意思。

52

《太陽的後裔》第11集　　　　🎧 052

군복 벗어

放下軍人身分

用　　語	군복 (을) 벗다	
變　　化	군복 (을) { 벗는 / 벗어 / 벗습니다 }	
釋　　義	指退役。	

📺 **劇中會話**

명　주　나 다 나으면 , 나 진짜 안 죽으면 서 상사 군복 벗기지 마세
요 . 그러지 마요 , 아빠 . 응 ? 나 그때 다 들었어 .

윤 중장　윤명주 , 나가 있어 . 난 상사 사위를 둘 생각은 없어 . 대신
군복 벗어 .

明　　珠　如果我痊癒，而且真的沒有死的話，請不要革除徐上士的
軍職，請別這麼做好嗎？爸爸，我那時都聽到了。

尹中將　尹明珠，妳出去，我不想收一個上士做女婿，不然就放下
軍人身分。

說明

　　一般而言會使用「옷을 벗다（脫衣服）」來形容離開某個職位，
應用在軍職時，就會使用「군복을 벗다（脫下軍服）」，脫下象徵軍
人的軍服就代表放棄當軍人，重新回到一般市民的身分，「군복을 벗
는다（脫下軍服）」指依照自己的意願決定退役，「군복을 벗긴다（被
脫下軍服）」則代表因應他人決定而退出軍隊。劇中的尹中將是在命

令大英，若想和他女兒結婚就得退出軍隊。

例句

❶ **시진** 무슨 얘기했습니까 ？

時鎮 你們談了些什麼？

대영 연차 되는 상사들 중에 부팀장 후보로 쓸 만한 애들 찾아서
보고 드리겠습니다 .

大英 我會從年資夠深的上士當中尋找副組長候選人，之後再跟
你報告。

시진 기어이 **군복 벗겠다** 이겁니까 ？ 명주가 그렇게 싫어하는
데 ？

時鎮 意思是你非放棄軍人身分不可嗎？明珠根本不想要你這麼
做啊？

❷ 30년만에 **군복 벗고** 집에 가니 슬프데요. 이걸로 이제 내 군 생활
이 끝났다는 게 실감이 나더군요.

時隔 30 年退役，回家後突然好難過，這才讓我意識到我的軍旅生
涯已經結束了。

🎧 053

농담 따먹을 시간 없습니다

沒時間開玩笑了

用	語	농담 따먹다
變	化	농담 { 따먹기 / 따먹는 / 따먹습니다 }
釋	義	（用來指責對方開玩笑浪費時間）對彼此開玩笑。

📺 **劇中會話**

명주 담당의가 선뱁니까 ? 환자 어딨습니까 ? 일단 차트부터 줘 보십시오 .

모연 남의 병원 와서 남의 환자 차트를 니가 왜 봐 . 어째 우리 사이에 남자 하나가 껴 있어야 만나진다 ?

명주 선배랑 농담 따먹을 시간 없습니다 . 차트나 빨리 주십시오 . 나한테 중요한 사람입니다 .

明珠 主治醫生是前輩妳嗎？患者在哪？先把病歷給我吧。

慕妍 妳幹嘛跑到別人的醫院看別人患者的病歷？為何我們每次見面都得扯上男人呢？

明珠 我沒時間和前輩妳開玩笑，請快點把病歷給我，他對我來說是很重要的人。

說明

「농담 따먹기（開玩笑）」大多用來指責對方在不恰當的狀況下

開玩笑，通常會說「나랑 농담 따먹기 하세요？（你在跟我開玩笑嗎？）」或「농담 따먹기는 그만 하자．（別再開玩笑了）」，以要求對方展現認真的態度。實際上，若對方並無玩笑之意，但發言卻不合理時，也經常使用這個用語。

💡 參考　在口語時使用，屬於粗俗用語，在莊重場合上不宜使用。

例句

❶ **정국**　편의점 알바는 할만 해？
　　正國　便利商店的打工做得還好嗎？

　　슬기　이제 막 시작해서 잘 모르겠네．그런데 밤에 술 취한 사람들이 시시껄렁한 농담 따먹기 하는 건 진짜 짜증나．
　　瑟琪　才剛開始而已，所以還不清楚，但半夜來亂開玩笑的醉漢真的很討厭。

　　정국　어휴，곱게나 취할 것이지．
　　正國　天啊，喝醉也該得體一點啊。

❷ 강 의원은 정부 관계자를 향해 "그따위 답변이 어디 있느냐．"며 "상식적으로 비싼 게 사실인데 상식적인 답을 못하고 지금 우리랑 농담 따먹기 하고 있느냐．"라며 호통쳤다．
　姜議員向政府人士大聲喝斥：「怎麼會有這種答覆？照理來說這確實很貴，但你們的答覆毫無道理，是在跟我們開玩笑嗎？」

補充說明

- **담당의** 負責治療某位患者疾病的醫師，相似單字有「주치의（主治醫生）」。
- **차트** 源自英文單字「chart（圖表）」，整理患者資訊的文件。
- **시시껄렁하다** 無聊、不重要的。

54

《太陽的後裔》第 12 集

🎧 054

고생하셨어요

辛苦了

用 語	고생하셨어요
變 化	고생했어 . 고생했어요
相似用語	고생 많았어 . 고생 많았어요
釋 義	（工作或會議結束時所說的話）工作結束後，用來認可對方辛勞、稱讚對方的問候語。

📺 **劇中會話**

모 연 나 진짜 돌아왔구나 . 반가워요 , 여러분 . 정말 반갑습니다 .

하 간호사 고생하셨어요 .

닥 터 송 걱정했어 .

慕　　妍　我真的回來了呢，很高興見到大家，真的很高興。

河護士長　辛苦了。

宋 醫 師　我們很擔心。

說明

　　「고생하다」在字典中的意義為「經歷困難艱辛的事」，但在日常語言生活中則與之不同，常作為問候語，作為問候語的「고생하다」可分為三個種類。第一，職場業務或會議等結束後，用來向彼此道別的「수고하셨습니다 .（辛苦了）」，也是最常見的用法；第二，打電話或到銀行臨櫃諮詢時，用來展開對話的「수고하십니다 .（麻煩了）」；

最後則是關係親密者可使用「오늘 하루도 수고 많았어 .（今天也辛苦了）」來問候彼此。其他還有「수고 많으셨습니다」、「고생하셨습니다」、「애쓰셨습니다」、「노고가 많으셨습니다」等相似表現。

💡參考 在口語時使用。

例句

① **선배** 오늘 체육대회 하느라 다들 수고했어 . 잘 들어가 .
前輩 大家參與今天的體育大賽都辛苦了，回家路上小心。
후배 선배도 고생했어요 . 들어가서 푹 쉬세요 .
後輩 前輩你也辛苦了，請回家好好休息。

② 다들 고생하셨습니다 . 수험생 여러분 , 오늘 하루 열심히 살았으니 집에 가서 코코아 한 잔을 앞에 두고 여유를 느껴 보시기 바랍니다 .
各位考生辛苦了，大家今天都非常努力，希望你們回家後能喝杯熱可可，享受悠閒的時光。

너 미쳤어 ?

你瘋了嗎？

用　　語	미쳤어
相似用語	미친 거 아니야
釋　　義	用來指責對方的行動或言語不正常。

📺 **劇中會話**

(시진이 아구스에게 총을 쏜다)

아구스　너 미쳤어 ?

시　진　제 정신은 아니야 . 그러니까 그 여자 겁주지 마 . 손대지 말
　　　　고 , 말도 걸지 마 . 니 상대는 나야 . 날 대신 인질로 잡아 .

아구스　사양할게 . 여행은 아름다운 아가씨랑 하는 게 즐겁지 .

（時鎮對 Argus 開槍）

Argus　你瘋了嗎？

時　鎮　我已經失去理智了，所以你不要嚇那個女的，不准碰她，也
　　　　不要和她說話，你的對手是我，抓我去當人質吧。

Argus　我拒絕，旅行就是要有美女同行才開心啊。

說明

　　「미치다（發狂）」原指「因精神失常而做出異常行為」，但在
口語中則常與精神疾病無關，而是用來指責他人不正常的行為，當有
人說「너 미쳤어？（你瘋了嗎？）」的時候，代表話者認為對方的行為

不正常，想要求對方停止該行為，此外，當他人做出異常優秀的行為時，也可反用這句話表達出驚嘆。

💡 參考　在口語時使用，僅用於過去式疑問句。

例句

❶ 아내　우리 이혼하자 .

　　妻子　我們離婚吧。

　　남편　당신 미쳤어 ?

　　丈夫　妳瘋了嗎？

　　아내　이젠 너무 지쳤어 . 당신 거짓말도 지긋지긋하고 . 헤어져 .

　　妻子　我真的累了，也受夠了你的謊言，我們分開吧。

❷ 슬기　영철이 집 나갔다는 이야기 들었냐 ?

　　瑟琪　妳聽說永哲離家出走的事了嗎？

　　예진　미쳤어 ? 중딩도 아니고 고3이 집을 나가 ?

　　藝珍　他瘋了嗎？又不是國中生，都高三了還離家出走？

　　슬기　누가 아니래 !

　　瑟琪　就是說啊！

補充說明

인질

為了要求對方遵守約定，而強行抓走某個人。

중딩

指稱國中生的低俗說法，國小生稱「초딩」，高中生稱「고딩」，大學生稱「대딩」，職場人士則稱為「직딩」。

56

《太陽的後裔》第 12 集　　　🎧 056

둘이 썸 탄 거였거든

我們是在曖昧

用　語	썸 (을) 타다	
變　化	썸 (을) { 타는 / 타 / 탑니다 }	
釋　義	（兩人成為戀人之前對彼此）有心動的感覺。	

📺 劇中會話 ▬▬▬▬▬▬▬▬▬▬▬▬▬▬▬▬▬▬▬▬▬▬▬▬

명주 선배랑 아무 사이 아니라고 .
모연 그 인간이 그래 ? 나랑 아무 사이 아니라고 ?
명주 네 . 그냥 스터디 같이 하는 것뿐이라고 .
모연 그냥 스터디? 그냥 스터디가 아니라 둘이 썸 탄 거였거든?
　　　4월부터?
명주 저한테 밥 먹자고 한 건 3월 개강 하자마자부터거든요?

明珠 他說和前輩妳沒有任何關係。
慕妍 他這樣說嗎？說和我沒有任何關係？
明珠 是，他說你們只是一起讀書。
慕妍 只是一起讀書？我們倆不只在讀書，是在曖昧好嗎？從 4 月開始。
明珠 他從 3 月剛開學就找我一起吃飯了好嗎？

說明

　　指雖然男女對彼此有好感，但尚未進入正式交往的狀態。2014 年，歌手韶宥和鄭基高發表了合唱歌曲《Some》，其中以歌詞「요즘 따라 내꺼인 듯 내꺼 아닌 내꺼 같은 너 , 니꺼인 듯 니꺼 아닌 니꺼 같

은 나 , 이게 무슨 사이인 건지 사실 헷갈려 . （最近感覺好像屬於我又不屬於我的你，似乎屬於你又不屬於你的我，真搞不懂這算什麼關係。）」描述男女之間的曖昧心境，獲得了廣大的人氣。

💡 參考　結合源自英文單字「something（某物）」的「썸」以及「타다（隨著〔機會〕）」的新造詞。

例句

❶ **하 간호사**　전쟁 중에도 꽃은 핀다더니 지진이 나도 <u>썸은 타는구나</u> .
　　河護士長　有句話說即使是戰爭時也會開花，所以原來即使地震了也可以搞曖昧啊。

　　닥 터　송　여기까지 와서 고백하고 , 키스하고 . 남들은 저렇게 부지런히들 사는데 말야 . 우리도 근면성실하게 함 살아 볼까 ? 일하는 틈틈이 키스도 좀 하면서 ?
　　宋　醫　師　大家都很勤奮地特地跑來這裡告白、接吻，我們要不要也認真一點，趁工作的空檔偶爾接吻呢？

　　하 간호사　너 요즘 까분다 ?
　　河護士長　你最近很猖狂喔？

❷ 전국 남녀 직장인을 대상으로 진행한 '사내 연애와 썸'에 대한 설문조사에 따르면 사내에서 **썸을 타** 본 경험이 있다는 응답자는 전체의 절반에 달하는 것으로 나타났다 .
　根據以全國男女上班族為對象所進行的「辦公室戀情與曖昧」問卷調查結果，幾乎有一半以上的受試者都有與公司同事曖昧的經驗。

補充說明

스터디 源自英文單字「study（學習）」，指許多人在一起讀書，或指一起讀書的聚會。

내꺼 , 니꺼 標準語為「내 거（我的東西）」和「네 거（你的東西）」，但有不少人會寫成「내꺼 , 니꺼」。

함 「한 번（一次）」的縮寫，大多在口語時使用。

57

《太陽的後裔》第 12 集　🎧 057

죽고 싶어 ?

想死嗎？

用　　語	죽고 싶어
相似用語	죽을래 . 죽어 볼래
釋　　義	（因對方的言語或行動而感到不悅）用來威脅對方的話。

📺 劇中會話 ▪▪

최 중사 기폭 장치와 연결된 무선 송신기가 있을 겁니다 . 시간 좀
버십시오 .

아구스 뭐라고 떠드는지 통역해 , 닥터 .

모　연 날씨 얘기야 . 오늘 날씨가 참 좋죠 ? 상냥하게 묻네 .

아구스 죽고 싶어 ?

崔中士 應該有連結引爆裝置的發信器，先拖延時間吧。

Argus 幫我翻譯他們在說什麼，醫生。

慕　妍 他在說天氣，他很親切地問你：「今天天氣是不是很好？」

Argus 妳想死嗎？

說明

　　雖然劇中的這句話帶有真正威脅生命的意義，但在日常生活中則
多當作玩笑話，用來強調對方的言語和行動讓自己感到不悅，另也可
使用其他變化形式如「죽을래 ?」和「죽고 싶냐 ?」，或用「맞을래 ?（欠
揍嗎 ?）」和「맞고 싶냐 ?（想被打嗎 ?）」等相似用語。

例句

❶ **선수** 감독님 , 너무 힘들어요 , 조금만 쉬었다 해요 .

    選手 教練，我太累了，想休息一下再練習。

    감독 죽고 싶어 ? 시합이 얼마 남았다고 농땡이야 ?

    教練 你想死嗎？再過不久就要比賽了，你還敢偷懶啊？

    선수 아 , 진짜 .

    選手 唉，真是的。

❷ 중학생에게 전화로 "죽고 싶어 ?" 등 막말을 쏟아낸 가해자가 1 심에서 벌금형을 선고받았다 .

打電話罵國中生：「想死嗎？」等粗話的加害者在一審遭宣判罰金。

補充說明

- 기폭 장치　引發爆炸裝置的機器或道具。
- 시간을 벌다　獲取充裕的時間。
- 농땡이　　　裝模作樣懶惰的樣子。

58

《太陽的後裔》第 13 集　　🎧 058

그 깽판을 치고 나왔는데

大鬧一場

用　語	**깽판 (을) 치다**
變　化	**깽판 (을) { 치는 / 쳐 / 칩니다 }**
釋　義	搞砸或阻撓事情。

📺 **劇中會話**

민　지 그냥 가서 비세요 .

모　연 어떻게 빌어요 . 그 깽판을 치고 나왔는데 . 아흑 .

닥터 송 그럼 교수 티오는 아직 유효한 거네 . 아싸 ! 너 방송은 계속 할 거야 ?

敏　智 還是去求人家吧。

慕　妍 要怎麼求？我都去大鬧一場才離開了，唉。

宋醫師 所以教授的職缺還有效吧，太棒了！妳會繼續做節目嗎？

說明

　　指刻意妨礙事情正常進行或導致破局，比如物理上的暴力，如破壞、弄亂物品，或在開會等場所放聲大叫、動粗。劇中的慕妍不久前才直呼理事長的名諱並遞辭呈，所以才會說自己「깽판을 치고 나왔다 . (去大鬧一場)」。

💡 **參考** 在口語時使用，屬於粗俗用語，在莊重場合上不宜使用。

1. **동료 1** 어제 회의 시간에 무슨 일 있었어 ?
   同事 1 昨天開會時發生什麼事啊 ?
   동료 2 말도 마 . 김 과장이 이번 계약은 무효라고 깽판을 치는데 , 사람 다시 봐야겠더라구 .
   同事 2 別說了，金課長說這次簽約無效，當場撕破臉，真的得重新評價這個人了。
   동료 1 뭐 그 사람도 사정이 있겠지 .
   同事 1 人家應該也是有苦衷的吧。

2. 길거리 양아치 짓을 할 몇몇 애들이 인터넷 방송으로 돈 벌려고 깽판을 치니까 방송하는 사람들에 대한 인식이 나빠진다고 .
   有少數街頭混混想靠網路節目賺錢，於是到處作亂，所以大眾對做節目的人印象便越來越差。

補充說明

티오

源自英文單字「table of organization（編制）」，依照規定制定公司或團體需要的人數。

59

《太陽的後裔》第13集　　　　　　　　 059

말씀이 지나치십니다

這樣說太過分了

用　語	말씀이 지나치다
變　化	말씀이 { 지나치신 / 지나치시네요 / 지나치십니다 }
相似用語	말씀이 과하십니다
釋　義	（非常恭敬的說法）對方說的話不合理。

📺 劇中會話 ╌╌

이사장 강 교수 편한 꼴이 보기가 싫네 . 당직은 나이트 위주로 , 수
술실 스페어는 항상 강 교수라고 보면 되고 . 힘들겠죠 , 아
주 ? 왜 , 이것도 권위를 이용한 사적인 복순가 ?

모 연 아우 , 말씀이 지나치십니다 , 이사장님 . 응급실은 종합병
원의 꽃이라고 생각합니다 . 꽃 같은 제가 가는 게 맞다고 생
각합니다 .

이사장 그럼 다행이네 .

理事長 我不想看見姜教授過得這麼快活，如果都幫妳排夜班，手術
室的待機人員也全交給妳，這樣一定很辛苦吧？怎麼樣？這
也算是利用權威公報私仇嗎？

慕　妍 天啊，這樣說太過分了，理事長。我認為急診室是綜合醫院
之花，所以應該由像花一樣的我去才對。

理事長 那真是太好了。

說明

　　用來委婉恭敬地表達上司的發言不合理，因此無法認同。劇中的慕妍原已辭職，卻又必須再回醫院工作，處境十分尷尬，因為她只能按照理事長的吩咐去做，所以才用這句話附和理事長的發言，當理事長問她自己的決定是否不合理時，慕妍便回答理事長並非如此。

💡 參考　通常是下屬對上司使用。

例句

❶ **상사**　다 내 잘못입니다 . 제가 책임질게요 .
上司　都是我的錯，我來負責吧。
부하　말씀이 지나치십니다 . 다 저희가 보필을 제대로 못한 잘못이지요 .
下屬　這樣說太過分了，都是因為我們沒有好好協助您。

❷ 서 의원의 날카로운 비판에 황 원장은 "말씀이 좀 지나치신 것 같습니다 ." 라고 맞받아쳤다 .
面對徐議員尖銳的批評，黃院長則反擊：「這樣說似乎太過分了。」

補充說明

나이트
源自英文單字「night（夜晚）」，指夜間值勤。在 24 小時都需要值勤的地方會將一天分成三個 8 小時的工作時段，這三個工作時段就稱「Day（7-15點）」和「evening（15-23 點）」以及「night（23-7 點）」。

스페어
源自英文單字「spare（空間）」，為了應對緊急狀況而待命的人物或事物。

60

《太陽的後裔》第13集 060

어디서 슈바이처 코스프레야！

竟敢假裝自己是史懷哲啊！

用　　語　N（人）코스프레
釋　　義　（帶著某種意圖）假裝是那樣的人。

📺 劇中會話 ┄┄┄┄┄┄┄┄┄┄┄┄┄┄┄┄┄┄┄┄┄┄┄┄┄┄┄┄┄┄┄┄┄┄

닥터김　너 진짜 웃긴다 . 이사장이랑 스캔들 난 지 얼마나 됐다고 봉사 가서 고새 남잘 만나 ? 진짜 그래서 특진 병동 잘린 거야 ?

모　연　김 선생 . 내가 지난 한 달간 봉사라는 걸 하면서 깨달은 바가 많거든 ? 우린 다 행복한 거야 . 너도 행복해라 . 행복한 와중에 실력도 좀 쌓고 .

닥터김　유세 떨지 마 . 예방 주사 몇 대 놔주고 사진이나 찍다 온 주제에 어디서 **슈바이처 코스프레야** !

金醫師　妳還真好笑，不久前才跟理事長傳緋聞，去當志工的期間一下又有了男人？妳真的是因為這樣才被特診病患大樓開除的嗎？

慕　妍　金醫師，我去當志工的這個月體悟到很多事，我們都很幸福，你也要過得幸福，但幸福的同時也要記得累積實力。

金醫師　妳別在那炫耀，不過是去幫忙打預防針、拍幾張照片，竟敢假裝自己是史懷哲啊！

說明

　　「cosplay」是英文單字「costume play」的日文式縮寫，指裝扮成動漫人物的次文化藝術，以「N（人）코스프레」的形式使用，意思是「假扮成 N」，常見的用法有「희생자 코스프레（假扮犧牲者）」和「서민 코스프레（假扮庶民）」以及「피해자 코스프레（假扮被害者）」，此處的名詞大多是承受痛苦或傷害的對象。劇中的慕妍剛結束烏魯克的醫療志工活動並回歸醫院，金醫師使用這句話批評慕妍，認為她只是參加短期醫療志工活動，卻表現得像是一輩子奉獻在非洲的史懷哲醫生一樣。

例句

❶ **슬기**　정치인들이 선거철만 되면 시장에서 어묵 사 먹잖아 .
　　瑟琪　政客們每到選舉季節就會到市場買魚板來吃啊。

　　예진　그게 다 서민 코스프레야 .
　　藝珍　那只是在假扮庶民啦。

　　슬기　맞아 , 금수저들이 서민 흉내 내기 하는 거지 .
　　瑟琪　沒錯，就是一堆金湯匙在模仿庶民的樣子啊。

❷ 그는 늘 억울한 일 , 비극적인 일을 겪었다고 말하면서 피해자 코스프레를 한다 .
　　他說自己老是遇到委屈、悽慘的事，裝作被害者的樣子。

補充說明

유세 떨다
裝作了不起的樣子。

금수저
出生在有錢人家，經濟狀況充裕的人，相反詞則是「흙수저（土湯匙）」。

내가 아주 반 죽여 놓을 거야

我要把他弄得半死不活

用　　語	(N 을 / 를) 반 죽여 놓다
變　　化	(N 을 / 를) 반 죽여 { 놓는 / 놓아 / 놓습니다 }
相似用語	(N 을 / 를) 가만두지 않다
釋　　義	(犯下某個大錯的對象) 讓他十分痛苦。

📺 **劇中會話**

닥 터 송 너 인질로 잡혔었다며 . 괜찮아 ? (붙들고 여기저기 살 피며) 어디 다친 데 없어 ? 그 새끼 어딨어 ! 내가 아주 반 죽여 놓을 거야 .

하 간호사 반 죽어 가던 거 살리고 오는 길이세요 , 송 샘이 .

닥 터 송 아 . 내가 수술한 환자가 걔야 ? (자신의 뺨을 때리며 능 청스럽게) 아오 , 허준 ! 아오 , 슈바이처 !

宋 醫 師 聽說妳被抓去當人質，沒事吧？（抓著她四處檢查）有 沒有哪裡受傷？那個混蛋在哪，我要把他弄得半死不活。

河護士長 你才剛把那個半死不活的人給救活，宋醫師。

宋 醫 師 剛才那位手術患者就是他嗎？（裝模作樣打自己的臉頰） 天啊，許浚！天啊，史懷哲！

說明

　　這句話的意思並非要實際殺人，而是用來表達絕不放過或要好好教訓對方，大多在非常生氣或激動時會說這句話，屬於略為誇大的用語。劇中的宋醫師明知道河護士長已平安歸來，但還是抓著她不放，認為她一定吃了很多苦，因此才在有些激動的狀態下說出那句話。

💡 **參考** 屬於粗俗用語，在莊重場合上不宜使用。

例句

❶ 요즘 서울 재건축을 정부가 강하게 규제하고 주택 시장을 **반 죽여 놓다시피** 하니 부동산 투기가 좀 줄어들지 않을까 ?

最近政府嚴格控管首爾的重建規章，讓房市變得萎靡不振，應該能減少不動產的投機行為吧？

❷ 이 산은 7백 미터를 넘지 않는 작은 산이지만, 가팔라서 초반부터 등반하는 사람을 **반 죽여 놓는다**.

雖然這是一座不超過 700 公尺的小山，但因為非常陡峭，所以前半段就有許多登山客被累得半死。

補充說明

아오 , 허준 ! 아오 , 슈바이쳐 !

「許浚」是韓國（朝鮮時代）能力高超的醫生，史懷哲則是一輩子在非洲當志工的著名德國醫生，宋醫師之所以在這段對話中說出：「天啊，許浚！天啊，史懷哲！」是把自己和這些歷史上的偉人相比，描述自己的優秀能力。

62

《太陽的後裔》第 15 集　　🎧 062

말도 안 돼

太誇張了

用　語	말도 안 되다
變　化	말도 안 { 되는 / 돼 / 됩니다 }
釋　義	（眼前發生的事或對方所說的話）不切實際或沒道理。

📺 劇中會話

시진　이쁜이는 뒤를 돌아봅니다 . 오버 .
모연　말도 안 돼 . 말도 안 돼 . 말도 안 돼 .
시진　되게 오랜만입니다 .
모연　살아… 살아 있었어요 ?

時鎮　美人往後看了，over。
慕妍　太誇張了，太誇張了，太誇張了。
時鎮　好久不見了。
慕妍　你⋯⋯還活著嗎？

說明

　　當發生超乎預期的事或對方的發言不合常理時可用來指責對方，此場面描述慕妍以為時鎮已經喪命卻又聽到他的聲音，聽見死人的聲音是不切實際的狀況，因此才會使用這句話，這句話通常用在自言自語或反駁對方。

💡 **參考** 在口語時使用。

例句

---

1 **딸** 엄마 , 나 합격했대 .

   女兒 媽，我錄取了。

   엄마 **말도 안 돼** . 어떡하면 좋아 . 우리 딸 정말 장하다 !

   媽媽 太誇張了，怎麼辦，我女兒實在太棒了！

   딸 나 아이폰 사 주는 거지 ?

   女兒 妳會買 iPhone 給我吧？

2 **의사** 폐암 4기입니다. 죄송합니다.

   醫生 是肺癌 4 期，我很遺憾。

   환자 **말도 안 돼** . 제대로 검사한 거 맞아요 ? 나 이렇게 멀쩡하
잖아 .

   患者 太誇張了，有確實檢查嗎？我明明這麼正常啊。

   의사 받아들이기 힘드실 겁니다 . 충분히 이해합니다 .

   醫生 你一定很難接受，我非常能理解。

補充說明

이쁜이

外表漂亮或心地善良的人，此處為劇中女主角「慕妍」的暱稱。

63

《太陽的後裔》第 15 集　🎧 063

밥이 넘어가겠습니다 !

一定吞得下飯！

用　語	밥이 넘어가다	
變　化	밥이 { 넘어갑니까 / 넘어가니 }	
釋　義	放心地吃飯。	

📺 **劇中會話**

대영　그럼 저 좀 태워 주십시오 . 혹시 술 마실지 몰라 차 두고 갈 겁니다 .

시진　어디 가는데요 ?

대영　명주랑 밥 먹을 겁니다 .

시진　퍽이나 명주가 밥이 넘어가겠습니다 !

大英　麻煩你送我一程，因為我可能會喝酒，所以不打算開車去。

時鎮　你要去哪？

大英　我要去和明珠吃飯。

時鎮　最好明珠肯定能吞得下飯！

說明

　　「밥이 넘어가다（吞得下飯）」和常見的用語「밥을 먹다（吃飯）」有所不同，使用方式多如「지금 밥이 넘어가니 ?（你現在吞得下飯嗎？）」，用來表示不自在或痛苦的狀況，換言之，也就是難以放心吃飯的狀況。

💡 參考　在口語時使用，大多用於疑問句。

例句

❶ **정국**　시험도 망쳤으면서 밥이 목으로 넘어가냐 ?
　正國　考試都搞砸了，你還吞得下飯啊？
　빈이　다 먹고 살자고 하는 짓인데 먹을 건 먹어야지 .
　小彬　一切都是為了討生活啊，該吃的還是要吃。
　정국　내가 졌다 . 많이 먹어라 .
　正國　算我輸了，妳多吃一點吧。

❷ 피해자의 어머니는 가해자한테 "내 아들이 지금 죽어 가는데 , 넌
　지금 밥이 목구멍으로 넘어가니 ?"라며 화를 참지 못하고 음식을
　집어 던졌다 .
　被害者的母親忍不住怒氣，將食物丟向加害者並對他說：「我的
　孩子都快沒命了，你現在還吞得下飯嗎？」

補充說明

퍽이나

副詞「퍽（超過普通程度）」和助詞「이나（用來強調程度極大的輔助詞）」
的結合詞，是用來強調「퍽」的用語。若以「퍽이나 ~ V/A 겠다」的形式使用，
則意指不可能達到該狀態或行為，舉例來說，「퍽이나 시험에서 일등하겠다 (你
最好可以拿下第一名)」其實是代表「不可能拿下第一名」的意思。

64

《太陽的後裔》第 15 集　🎧 064

한 폭의 그림 같지 않았습니까 ?

不覺得很像一幅畫嗎 ?

用　語	(한 폭의) 그림 (과) 같다
變　化	(한 폭의) 그림 (과) { 같은 / 같아 / 같습니다 }
釋　義	（用來稱讚美麗的風景或畫面）看起來很美的樣子。

📺 劇中會話

시진 방금 나 되게 한 폭의 그림 같지 않았습니까 ?
모연 하하 . 자주 그렇죠 . 퇴원 수속 끝났어요 . 가면 돼요 . 차까지 타고 가요 . 오늘은 주치의 말고 여자친구 해 줄게요 .
시진 진짜요 ? 신난다 . 출발 !

時鎮 不覺得我剛才很像一幅畫嗎 ?
慕妍 哈哈，你很常這樣啊，出院手續完成了，我們可以離開了，坐我的車吧，我今天不當主治醫生，當你的女朋友。
時鎮 真的嗎？真開心，出發！

說明

　　雖然大多用在形容美麗的風景，但偶爾也會用來形容人。通常會被畫下來的風景都是擁有絕佳美景，所以這句話就是形容風景或畫面媲美畫作的意思。

➊ **정국**　가을 설악산은 **한 폭의 그림 같구나** !

　　正國　秋天的雪嶽山簡直就像一幅畫！

　　빈이　다들 사진을 찍느라 길이 막힐 지경이야 .

　　小彬　因為大家都在拍照，快要導致塞車了。

　　슬기　남는 건 사진밖에 없어 . 이리 모여 봐 .

　　瑟琪　能留下來的就只有照片了，大家都過來吧。

➋ 사진 속에서 그녀의 활짝 웃는 모습이 **한 폭의 그림 같이** 빛나고
　있다 .

　她在照片中的燦爛笑容就如畫作般閃閃發亮。

補充說明

퇴원 수속

決定出院之後，領取處方箋以及繳納住院費用等出院時的必要程序。

Part 3
도깨비 [孤單又燦爛的神－鬼怪]

《孤單又燦爛的神－鬼怪》為 tvN 於 2016 至 2017 年間播映之電視劇，常被簡稱為《鬼怪》，是金銀淑編劇之作品。這部作品的主要人物包含必須找到新娘才能結束無限循環生命的鬼怪、自稱「鬼怪新娘」的少女池恩卓以及得到失憶症的陰間使者等，劇中描述上述人物間的緣分、命運、愛情與生死，被評為引領 K-Drama 的話題之作，同時也是讓韓國傳統故事人物－鬼怪在大眾面前亮相的奇幻電視劇，鬼怪本身就是最能突顯電視劇獨特性的元素，鬼怪在當今韓國文化中多作為童書題材，雖然鬼魂和九尾狐等元素經常被使用在電影或電視劇中，但卻從未出現過以鬼怪為題材的作品。劇中的鬼怪為永不死去的生命所苦，深愛之人皆順應自然規律而死並不復存在，但他卻必須延續孤單的人生，唯有鬼怪新娘能終結這令他厭倦的一切。鬼怪必須遇見鬼怪新娘才得以安息，但這一點也暗示了作品的悲劇結尾，因為鬼怪和鬼怪新娘相愛的瞬間也就是兩人生離死別的瞬間。此部電視劇展現了韓國人對死亡的理解模式，多數韓國人都相信前世因緣會延續至現世，且鬼神們有能力影響大家的人生。此外，《鬼怪》中也暗藏著「若不想被陰間使者帶到地獄受苦就必須保持善良」的世界觀。

65

《鬼怪》第 1 集 　　　　　　　　　🎧 065

그래서 말인데

所以說

用　　語	그래서 말이다
變　　化	그래서 { 말이야 / 말인데 / 말인데요 / 말입니다 }
釋　　義	（大多用在請求或提出與前述相關內容的疑問時）用來表示這是與前段內容相關的話題。

📺 **劇中會話**

덕　화 　삼촌 다시 온 거야 ? 다시 돌아온 거야 ! 어흑 , 어흑 . 사랑해 , 삼촌 !

도깨비 　그래서 말인데 , 카드 다시 돌려줄래 ?

덕　화 　어흑… 어 ?

德　華　叔叔又回來了嗎？又回來了！唉呀，唉呀，我愛你，叔叔！

鬼　怪　所以我說，你可以把信用卡還我嗎？

德　華　唉呀⋯⋯嗯？

說明

　　想轉換為與前段內容稍微不同的話題或提出相關請求和疑問時，便可使用「그래서 말인데」，這句話可使接下來延續的話題較為自然不唐突。劇中的德華正開心能見到自己的叔叔鬼怪，鬼怪便一邊說「그래서 말인데」並提出完全不同的話題。

例句

❶ **고객**　지금 코로나 바이러스 확진자가 계속 나오고 있잖아요 . 그래서 말인데요 , 그래도 앱 배달은 되나요 ?
客人　目前還是持續出現新冠肺炎確診者，所以我想請問這樣還能使用 App 外送嗎？

　직원　네 , 가능합니다 .
　職員　是的，可以使用。

❷ 저는 그림 그리기를 좋아합니다 . 그래서 말인데요 , 펜이 있는 태블릿을 추천해 주시면 고맙겠습니다 .
我喜歡畫畫，所以希望你推薦我有筆的平板電腦，謝謝。

補充說明

앱 배달
透過智慧型手機外送 App（application）所下的訂單。

태블릿
源自英文單字「tablet（平板）」，可透過電腦畫圖或寫字的輸入裝置。

66

《鬼怪》第 1 集 🎧 066

머리 검은 짐승은 거두는 게 아니랬는데
人家都說不該收留黑髮的畜生

用 語	머리 검은 짐승은 거두는 게 아니다
變 化	머리 검은 짐승은 거두는 게 { 아니라고 / 아니랬다 }
釋 義	用來說明把人帶回家撫養、照顧，對方卻不知感恩，這裡的「머리 검은 짐승（黑髮的畜生）」就是指「人」。

📺 **劇中會話**

이모 이래서 머리 검은 짐승은 거두는 게 아니랬는데 다정도 병이지 , 내가 . 어휴 죽은 년만 불쌍하지 . 미혼모가 기껏 키워 놨더니 .

은탁 그건 좀 너무 말이 심하시구요 .

阿姨 所以人家都說不該收留黑髮的畜生啊，我心太軟也是一種病啊，唉，死人最可憐了，一個未婚媽媽好不容易才把妳養大的。

恩卓 這樣說太過分了。

說明

改編自俗諺「머리 검은 짐승은 남의 공을 모른다 .（黑髮的畜生不懂得感激別人）」，這裡的「머리 검은 짐승（黑髮的畜生）」就是指「人」。畜生不會背叛撫養自己的主人，但人類不只不報恩，還經常背叛別人，因此這句俗諺就是在勸人不要撫養或照顧別人。恩卓在劇

中頂撞阿姨，阿姨便用自己不該把恩卓帶回家撫養的口氣說：「人家都說不該收留黑髮的畜生」。

💡 **參考** 也可把「머리 검은 짐승」改寫為「검은 머리 짐승」。

例句

① **동료 1** 김 부장이 사기를 치고 도망갔다며 ?
   同事 1 聽說金部長詐欺之後落跑了 ?
   동료 2 김 부장이 어려울 때 사장님이 그렇게 많이 도와주셨는데 ...
   同事 2 金部長有難時，社長幫了他那麼多忙……
   동료 1 그래서 머리 검은 짐승은 거두는 게 아니라고 하나봐 .
   同事 1 所以人家才會說不該收留黑髮的畜生吧。

② **친구 1** 빈이가 사정이 너무 딱하니 우리 집으로 들어오라고 할까 ?
   朋友 1 小彬太可憐了，要不要叫她來住我們家 ?
   친구 2 옛날부터 머리 검은 짐승은 거두는 게 아니랬는데 …
   朋友 2 自古以來大家都說不該收留黑髮的畜生啊……
   친구 1 그래도 의리가 있는데 어떻게 모른 척해 ?
   朋友 1 我們之間還是有情分的啊，怎麼能裝不知道呢 ?

補充說明

- **다정도 병이다**
- 太過有人情味也是問題，意思是太過為他人著想也會造成問題。

67

《鬼怪》第 1 集

🎧 067

몇 날 며칠

好幾天

用	語	몇 날 며칠
釋	義	非常多天。

📺 **劇中會話**

도깨비 나는 작은 방구석에 놓여 있는 의자에서 **몇 날 며칠**을 보냈다 . 나의 유서는 죽음을 앞두고 남기는 말이 아니다 .

鬼　怪 我在房間角落的椅子上坐了好幾天，我的遺書並非面對死亡所留下的話語。

說明

　　「몇 날（幾天）」和「며칠（幾天）」的意思相同，「몇 날 며칠」重複使用前述兩單字，藉此表達「꽤 여러 날 (好幾天)」和「제법 오랜 시간 (非常久的時間)」的意思，使用時多如「몇 날 며칠을 밤을 새우다（熬了好幾夜）」和「몇 날 며칠 계속 울다（哭了好幾天）」，用來表達痛苦或悲傷延續很長的時間。

例句

1 **동료 1** 프로젝트 때문에 **몇 날 며칠**을 퇴근도 못 하시고… 고생
이 많으세요 .

同事 1 為了這個企劃有好多天都不能下班……真是辛苦了。

동료 2 오늘은 일찍 끝내고 칼퇴근하려고요 .

同事 2 我今天打算早點結束，準時下班。

2 **슬기** 배가 아파서 **몇 날 며칠** 죽만 먹었어 . 힘이 하나도 없다 .

瑟琪 我因為肚子痛，所以這幾天都只吃粥，現在完全沒力氣。

정국 약 먹었어 ? 병원 같이 가 줄까 ?

正國 有吃藥了嗎？要不要陪妳去醫院？

補充說明

- 칼퇴근하다
- 在公司規定的時間準時下班。

68

《鬼怪》第1集

🎧 068

알바를 붙긴 개뿔

說錄取打工根本是在放屁

用　　語	N은/는 개뿔, V/A- 기는 개뿔
相似用語	N은/는 무슨, V/A- 기는 무슨
釋　　義	（用來表達強烈不滿）用來表達（某件事）絕對不可能或不合理。

📺 **劇中會話**

은탁　（ 아르바이트 면접에서 떨어지고 나서) 알바를 붙긴 개뿔.
　　　　수호신 ? 아놔 , 이 양반이 .

恩卓　（打工的面試未被錄取）說錄取打工根本是在放屁，守護神？
　　　　算了吧，這傢伙。

說明

　　「개뿔」指「瞧不起微小事物的輕蔑態度」，是一種粗俗的說法，放在名詞或段落之後，以「~ 은 / 는 개뿔」的形式使用，代表前述事項絕不可能發生或不合理，並表達出強烈不滿。劇中的恩卓本以為守護神能幫助她通過面試，所以面試失敗後恩卓便說：「알바를 붙긴 개뿔 .（說錄取打工根本是在放屁）」代表自己未通過打工面試，同時表達強烈的不滿。

💡 **參考**　在口語時使用，屬於粗俗用語，在莊重場合上不宜使用。

例句

❶ 슬기 결혼하니까 행복하니 ?
　　瑟琪 結婚後過得幸福嗎 ？

　　예빈 행복은 개뿔 ! 넌 꼭 혼자 살아라 .
　　藝彬 幸福個屁 ！妳一定要獨自生活。

❷ 정국 내가 소개했던 식당 가 봤어 ? 서비스 많이 주지 ?
　　正國 妳去過我介紹的餐廳了嗎 ？招待很多東西吧 ？

　　슬기 가긴 갔는데 서비스는 개뿔 ! 완전 바가지만 쓰고 왔어 .
　　瑟琪 我確實去了，但別說招待了 ！簡直是去花冤枉錢的。

補充說明

알바	「아르바이트（打工）」的縮寫，指暫時的工作。
수호신	守護人或村子的神。
아놔	遇到荒謬的狀況或無言時使用的感嘆詞。
바가지 (를) 쓰다	支付比實際上更貴的價格。

69

《鬼怪》第 1 集　　　　　　　　🎧 069

짠 할까요 ?

要乾杯嗎？

用　語	짠 하다	
變　化	짠 { 하고 / 하자 / 할까 / 할까요 }	
釋　義	（喝酒之前）輕碰對方的酒杯。	

📺 **劇中會話**

도깨비　자네가 아직 곁에 있고 , 술도 넉넉하고 , 오늘 밤은 일단은
　　　　　살아 보고 싶네 .

유회장　(술잔 들고) 짠 할까요 ?

鬼　怪　你還在我身邊，酒也很充足，我想先好好享受今晚。

劉會長　（舉起酒杯）要乾杯嗎？

說明

　　在韓國喝酒或要慶祝、祝福某件好事時會說「건배！（乾杯）」，
「짠」是模擬酒杯碰撞聲的擬聲語，現代年輕人會以「짠 할까?」或「짠
하자!」作為提議乾杯的用語。

💡 **參考**　在口語時使用。

例句

❶ 동료 1 우리 이제 짠 한번 하고 어제 일은 깨끗이 잊읍시다 .

　　同事 1 我們乾完這一杯之後就忘掉昨天的事吧。

　　동료 2 그렇게 하시죠 .

　　同事 2 就這麼辦。

❷ 선　배 슬기의 대상 수상을 축하하는 의미로 다같이 짠 하자 !

　　前　輩 為了慶祝瑟琪得到大獎，大家一起來乾杯吧！

　　후배들 축하합니다 .

　　後輩們 恭喜。

70

《鬼怪》第 1 集　　　　　　　　　　　　🎧 070

슬플 것도 쌨다

還真是多愁善感

用　　語	V/A- ㄹ / 을 것도 쌨다
變　　化	V/A- ㄹ / 을 것도 { 쌨네 / 쌨다 / 쌨어 }
釋　　義	（指前述的行為或狀態太誇張）非常多。

📺 **劇中會話** ▪▪

은탁 엄마　그건 또 그러네 . 근데 그 얘기 너무 슬프다 .
삼　　신　슬플 것도 쌨다 .

恩卓媽媽　這樣說也沒錯，不過這件事太悲傷了。
三神奶奶　妳還真是多愁善感。

說明

　　「쌔다（到處都是）」指某事物四處可見、多到堆積起來的意思。通常加在動詞或形容詞後，以「- ㄹ / 을 것도 쌨다」的形式使用，代表無法認同對方的情緒或狀態。劇中恩卓的母親表示難過，三神奶奶卻無法對她的情緒產生共鳴，於是便以「슬플 것도 쌨다」指責她太容易感到難過。

💡 **參考**　在口語時使用，僅使用過去式「쌨다 / 쌨어 / 쌨네」，多用於指責對方的情境，因此可能令對方不悅。

例句

❶ 딸 엄마 , 나만 청소에 , 빨래에 . 너무 힘들어요 .
女兒 媽，只有我在打掃、洗衣服，實在太累了。

엄마 힘들 것도 썼다 . 엄마 일 조금 돕는 게 뭐가 힘들다고 !
媽媽 妳還真愛喊累，不過是幫媽媽一點忙，有什麼好累的！

❷ 슬기 아이 , 깜짝이야 ! 갑자기 뒤에서 나타나면 어떡해 ?
瑟琪 唉唷，嚇我一跳！你怎麼能從別人背後冒出來啊？

정국 녀석이 , 놀랄 것도 썼네 . 널 잡아먹기라도 하냐 ?
正國 這傢伙還真容易被嚇到，難道我會吃了妳嗎？

補充說明

- 삼신
- 讓人懷孕、守護胎兒和產婦的神。

71

《鬼怪》第 1 集　　　　　🎧 071

아 , 전화번호라도 딸걸
唉，早知道應該先要電話的

用　語	(N〔人〕의) 전화번호를 따다
變　化	(N〔人〕의) 전화번호를 { 땄다 / 땄어 }
釋　義	（在和某人不甚熟悉的狀態下）詢問對方的電話號碼。

📺 **劇中會話**

은탁　(아르바이트 면접에서 떨어지고 나서) 알바를 붙긴 개뿔 .
　　　　수호신 ? 아놔 이 양반이 . 아 , 전화번호라도 딸걸 .

恩卓　（打工的面試未被錄取）說錄取打工根本是在放屁，守護神？
　　　　算了吧，這傢伙。啊，早知道應該跟他要電話的。

說明

　　「전화번호를 따다（要電話）」用來對不熟的人詢問電話號碼，在口語時經常把「전화번호（電話號碼）」縮寫為「번호」或「전번」，所以也可改用「번호를 따다」或「전번을 따다」。劇中的恩卓本相信鬼怪是自己的守護神、會實現自己的願望，但願望卻沒有實現，所以她才會如此抱怨，想再次聯絡鬼怪。

💡 **參考**　屬於粗俗用語，在莊重場合上不宜使用。

例句

❶ 동욱 정국이한테 호감 있다더니 , 어떻게 됐어 ?
棟旭 妳說對正國有好感，結果怎麼樣？

윤지 아 ! 전에 전화번호는 땄어요 .
允智 啊！我之前有跟他要電話了。

❷ 어떻게 하면 상대의 전화번호를 딸 수 있을까 ? 기왕이면 자연스럽게 전화번호를 따는 것이 좋지요 .
要怎麼做才能跟對方要電話呢？既然如此，自然地向對方要電話號碼比較好吧。

補充說明

기왕이면
既然事情已經變成這樣。

72

《鬼怪》第 1 集

🎧 072

업무 방해 같은 소리 하고 있다

說什麼妨礙公務啊

用 語	N 같은 소리 (를) 하다
變 化	N 같은 소리 (를) { 하네 / 한다 }
釋 義	（大多用在指責對方的情境）正說出完全不合理的話。

📺 **劇中會話**

저승사자 이거 업무 방해예요 .

삼　　신 업무 방해 같은 소리 하고 있다 . 언제 적 일을 지금에 와서 하고 있어 ?

陰間使者 妳這是妨礙公務。

三神奶奶 說什麼妨礙公務啊，這都什麼時候的事了，你現在才在做？

說明

　　「소리（聲音）」也有「말（話）」的意思，通常帶有貶義時會使用「소리」而非「말」，比如瑣碎無用的話就叫「잔소리（嘮叨）」，不同意對方說話時也會反問對方「무슨 소리야？（你在說什麼？）」。劇中的陰間使者指責三神奶奶「妨礙公務」，三神奶奶表示無法認同，並以「업무 방해 같은 소리 하고 있다 .（說什麼妨礙公務啊）」反駁他，此用語聽起來有責難或強迫的意味，因此不能對尊敬的人使用。

💡**參考**　在口語時使用。

例句

----

❶ **정국**　내가 뒷담화를 했다는 건 오해야 , 오해라고 .
　正國　我說妳壞話的事是個誤會，真的是誤會。
　슬기　<mark>오해 같은 소리 하고 있네</mark> . 내가 빈이한테 다 들었어 .
　瑟琪　還說是誤會呢，小彬都告訴我了。

❷ **후배**　뭐든 시켜 주십시오 . 최선을 다 하겠습니다 .
　後輩　儘管交代我，我會全力以赴的。
　선배　<mark>최선 같은 소리 하고 있네</mark> . 맨날 빈둥거리더니 .
　前輩　還說什麼全力以赴呢，明明成天無所事事。

73

《鬼怪》第 1 集　　　　　　　　　　🎧 073

이래 봬도 소싯적에 남자 여럿 울렸다
別看我這樣，我小時候也弄哭不少男生呢

用　　語	이래 봬도
釋　　義	（通常用在自誇的言論之前）即使看起來很平凡。

📺 **劇中會話** ⋯⋯⋯⋯⋯⋯⋯⋯⋯⋯⋯⋯⋯⋯⋯⋯⋯⋯⋯⋯⋯⋯⋯⋯⋯⋯⋯⋯⋯⋯⋯

삼　　신　내가 <mark>이래 봬도</mark> 소싯적에 남자 여럿 울렸다 . 괜히 담에
　　　　　　왔다 이 할망구 어디 갔나 놀라지나 말어 .

은탁 엄마　부럽다 .

삼　　신　내가 노망이다 . 미혼모 앞에서 할 자랑이 아닌데 .

三神奶奶　別看我這樣，我小時候也弄哭不少男生呢，下次來找不
　　　　　　到我可不要嚇到了。

恩卓媽媽　真羨慕。

三神奶奶　是我老糊塗了，我不該在未婚媽媽面前炫耀這些的。

說明

　　「이래」是「이리하여（因此）」的縮寫，「봬도」結合了「보다
（看）」的被動形－「보이다（看得見）」和表示假設和讓步語氣的
語尾－「- 어도」，為「보여도（即使看起來）」的縮寫。「이래 봬도
（別看我這樣）」通常加在自誇或炫耀的發言之前，表達「雖然我現
在看起來很平凡」，但其實有不平凡之處或過去的意思。

💡 **參考** 說話時也可在後方加上「말이지」，形成「이래 봬도 말이지」的形式。

例句

❶ 동료 1 내가 이래 봬도 경찰 출신이야!

同事 1 別看我這樣，我可是警察出身的！

동료 2 (비꼬는 말투로) 그래서 담배 피우는 중학생들을 피해 가셨구나 .

同事 2 （嘲諷的語氣）所以你才會躲那些抽菸的國中生啊。

❷ 엄마 여기 물건 너무 비싼 거 아니야？

媽媽 這裡的東西會不會太貴了啊？

딸 이래 봬도 엄마 딸 꽤 잘나가는 직장인이거든 ？ 걱정 말고 골라 봐 .

女兒 別看我這樣，妳女兒可是很厲害的上班族喔，不用擔心， 妳就挑吧。

補充說明

소싯적	小時候或年輕時，使用方式多如「소싯적에」，舉例來說，如「나도 소싯적엔 날아다녔는데…（我小時候也是一尾活龍啊）」或「소싯적에는 농구 좀 했죠（我小時候也很會打籃球）」。
할망구	貶低「할머니（奶奶）」的說法。
말어	「말아」的錯誤寫法，口語時亦常使用「말어」，把「맞아」寫成「맞어」也屬於前述情況。
노망	年紀大導致神智不清，行動不正常的狀態。

74

《鬼怪》第 1 集　　🎧 074

하늘이 두렵지 않으십니까？

你都不害怕上天嗎？

用	語	하늘이 두렵지 않다
變	化	하늘이 두렵지 { 않냐 / 않습니까 / 않은가 }
釋	義	（詢問對方是否不怕上天的懲罰）為了警告對方不要再做壞事。

📺 **劇中會話**

신하　폐하 , 어찌 이러십니까 ? 하늘이 두렵지 않으십니까 ?
왕　하늘이 언제 네놈들 편을 들겠다더냐 ?

臣子　陛下，您怎能如此呢？您都不怕遭天譴嗎？
王　上天何時曾站在你們那邊了？

說明

　　人們多把「하늘（天空）」視為世上最高位的存在，也相信最嚴厲的懲罰就是上天的懲罰，因此詢問對方「하늘이 두렵지 않냐」就等於問對方是否不怕遭天譴，同時也是在警告對方，代表他犯下的罪孽可能受重罰。

💡 **參考**　大多在口語時使用，僅用於疑問句。

例句

❶ 참 나쁜 사람들！하늘이 두렵지 않은가？

真是一群壞蛋！都不怕遭天譴嗎？

❷ 사과는커녕 죄를 인정하지 않는 범인에게 사람들은 하늘이 두렵지도 않냐고 손가락질했다．

人們對著不願道歉也不認罪的犯人議論紛紛，指責他難道不怕遭天譴嗎？

補充說明

- **손가락질하다**
  指責別人的缺點或不良行為。

75

《鬼怪》第 2 集

🎧 075

그놈의 도깨비

該死的鬼怪

用　　語	그놈의 N
相似用語	이놈의 N
釋　　義	（帶有抱怨的意味）他的或某物的。

📺 **劇中會話** ▨▨▨

은탁 그럼 난 , 뭔데요 ? 귀신들이 맨날 그놈의 도깨비 , 도깨비 그
러면서 와서 말 걸고 , 안 보면 안 본다고 괴롭히고 , 보면 본
다고 들러붙고 , 이렇게 살아 있는데 저승사자는 살아 있음 안
된다 그러고 , 이런 난 뭐냐구요 .

恩卓 那我算什麼？老是有鬼魂向我搭話對我說：「該死的鬼怪。」
如果我不看他們，他們會因此折磨我，但若我看了他們，他們
又會黏著我，我明明活著，陰間使者卻說我不該活著，這樣的
我究竟算什麼嘛。

說明

　　「그놈（那傢伙）」原指「聽者身邊的某人或聽者正在想的男
人」，為粗俗的第三人稱代名詞，但口語中的「그놈의 N（那傢伙的
N）」則不屬於此意，這種情況下的 N 代表話者明知某物的必要與重
要性，卻仍想擺脫該對象，換言之，就是在表達因厭倦 N 而感到痛苦

的情緒。劇中的恩卓把無時不刻接近自己的鬼怪稱為「그놈의 도깨비（該死的鬼怪）」，以表達埋怨之情。

💡 **參考** 大多在口語時使用，「그놈의（那傢伙的）」之後可以接實際的人名，或如「그놈의 사랑（該死的愛情）」、「그놈의 돈（該死的錢）」以及「그놈의 띄어쓰기（該死的分寫法）」、「그놈의 코로나（該死的新冠肺炎）」一樣，接上各式各樣的名詞。

例句

① 아빠 너 , 성적이 이게 뭐니 ? 언제 사람 될래 ?
　　爸爸 你這是什麼成績 ？什麼時候才要長大成人 ？
　　딸 그놈의 공부 ! 공부 ! 공부 ! 공부 못하면 사람이 못 되는 건가요 ?
　　女兒 該死的讀書 ！讀書 ！讀書 ！不會讀書就當不了人了嗎 ？

② 남편 (퇴근 후 집에 들어오며) 밥은 ?
　　丈夫 （下班後走進家中）飯呢 ？
　　아내 그놈의 밥 ! 인사부터 하고 밥을 달래야지 .
　　妻子 該死的飯 ！應該先打個招呼再跟我要飯吧 ？

76

《鬼怪》第 2 集　　　　　🎧 076

뭔 사고를 칠라고

打算闖禍嗎

用　語	사고 (를) 치다
變　化	사고 (를) { 치는 / 쳐 / 칩니다 }
釋　義	惹出意料之外的問題。

📺 **劇中會話**

써 니　지금 온다꼬？ 술이 이래 취했는데 와서 뭔 <mark>사고를 칠라고</mark>.
이 모　간다 가！ 가면 되잖아！

Sunny　你現在要來？你醉成這樣，來了之後打算闖禍嗎？
阿　姨　我走，我走不就行了嗎！

說明

　　「사고를 치다（闖禍）」多指引發意料之外的壞事，此處的「사고（事故）」指「意外發生的不幸之事」或「危害他人、惹出事端的負面行為」，句中的「치다」可改用「저지르다（惹事）」和「내다（弄出）」，經常闖禍的人亦可稱為「사고뭉치（惹禍精）」。「온다꼬」的「- ㄴ다꼬」為慶尚道方言，標準語應為「- 는다고」，而「칠라고」的「- ㄹ라고」則是「- 려고」的錯誤寫法，用來表現作某件事的意圖。

💡 **參考**　大多在口語時使用。

例句

● **사장** 니가 오늘 얼마나 큰 사고를 쳤는지 몰라 ?

社長 你不知道自己今天闖了多大的禍嗎 ?

직원 죄송합니다 . 사장님 . 한번만 더 기회를 주세요 . 이번 주 내에 해결하겠습니다 .

職員 對不起，社長。請再給我一次機會，我會在這星期之內解決。

❷ 제가 물을 너무 많이 줬는지 화분에서 뿌리가 쑥 빠지네요 . 식물 키우는 재주가 없는 제가 또 사고를 친 거 같아요 . 이 식물 살릴 수 있을까요 ?

我好像澆太多水，所以花盆裡的根都爛掉了，沒有養植物天分的 我似乎又闖禍了，有辦法救活這盆植物嗎 ?

77

《鬼怪》第 2 集　　　🎧 077

우리 집엔 어쩐 일이세요？

來我家有什麼事嗎？

用　　語	어쩐 일이다	
變　　化	어쩐 { 일이야 / 일이니 }	
相似用語	웬일이야 , 어떻게 왔어	
釋　　義	（對在意想不到之處遇見的人）帶有欣喜或驚訝之意的問候語。	

📺 劇中會話

은 · 탁 근데 우리 집엔 **어쩐 일이세요** ？ 나 보러 왔어요 ？

도깨비 그래 볼까 ？

은 · 탁 뭐라구요 ？

도깨비 내가 니 생각을 했나봐 . 잠깐 .

恩　卓 不過你來我家有什麼事？是來看我的嗎？

鬼　怪 要試試看嗎？

恩　卓 你說什麼？

鬼　怪 我似乎短暫地想到妳了。

說明

在意外之處遇見他人時所使用的問候語，「어쩐」源自「어찌하다（怎麼）」的縮寫－「어쩌다」，「어쩌다」則是「因為什麼理由」或「用什麼方法去做」的意思。「어쩐 일이야 ?」雖有詢問「為何會

來此處」之意，但亦可用來表現在意想不到之處遇見某人的欣喜或驚訝。

💡 **參考** 在口語時使用，僅用於疑問句。

例句

❶ **정국** 여긴 **어쩐 일이야**?

　正國 妳怎麼會來這裡？

　슬기 회의가 있어서 왔어 . 여기서 만나니까 반갑네 . 잘 지내지 ?

　瑟琪 我來開會，在這裡遇見你真開心，你過得好嗎？

❷ **선생님** 자네가 여긴 **어쩐 일인가**?

　老　師 你怎麼會來這裡？

　제　자 선생님이야말로 여긴 **어쩐 일이세요**?

　學　生 我才想問老師怎麼會來這裡呢？

78

《鬼怪》第 3 集

🎧 078

지 엄마는 속이 타들어 가는데

媽媽都快急死了

用　　語	속이 타들어 가다
變　　化	속이 타들어 { 가는 / 가 / 갑니다 }
相似用語	속이 썩어 문드러지다
釋　　義	（彷彿體內有火在燃燒）越來越痛苦難受。

📺 劇中會話

(아이들이 TV 보면서 계속 깔깔거리자)

이모　조용히 좀 해 , 이 새끼들아 ! 아주 지 엄마는 **속이 타들어 가는데** , 어 ! 쌩돈을 그 양아치들 뱃속에다가 다 넣어주게 생겼는데 !

경식　어차피 다 엄마가 빌려 쓴 거잖아 .

(孩子們看著電視，一直哈哈大笑)

阿姨　安靜點，你們這群傢伙！你媽媽都快急死了！我的錢就要白白被那群無賴收進口袋了！

京植　反正本來都是妳跟他們借來用的啊。

說明

　　「타들다」原指嘴唇或喉嚨等地方因沒有水分而乾燥的狀態，通常人們會用「입술이 마르다（嘴唇乾燥）」或「입술이 타다（嘴唇燃

燒）」來形容焦躁痛苦的狀態，然而若非嘴唇或喉嚨，而是身體內部燃燒的感覺，則可用來強調痛苦程度極高。劇中的阿姨因金錢及其他問題感到十分痛苦，當她覺得這些困境難以解決時，就用體內燃燒的感覺來表現這樣的痛苦。「속이 타다（內心燃燒）」也是用來表現痛苦難受的用語，但「속이 타들어 가다」會比「속이 타다」更強調痛苦的程度。

例句

❶ 빈이 엄마 무슨 걱정 있으세요？
　小彬媽媽 有什麼煩憂嗎？
　슬기 엄마 애가 밥을 잘 안 먹어서요 . 어디 병이 있는 건 아닌지 걱정돼요 . 속이 타들어 가네요 .
　瑟琪媽媽 因為小孩不好好吃飯，所以很擔心他是不是哪裡生病了，真的好著急啊。

❷ 잘 나가던 동생이 작년 이맘때 허리 수술을 하더니 , 수술 후 딱 일 년을 노는 거에요 . 그 사이 친정 부모님과 전 속이 타들어 가다 못해 시커먼 재가 되었습니다 .
　本來發展很順利的弟弟在去年這時去動腰部手術，術後竟虛度了一年，這段期間爸媽和我都焦慮得不得了，最後已心如死灰。

補充說明

깔깔거리다	發出聲音大笑。
쌩돈	「생돈」的錯誤寫法，指白白浪費在無謂事物的錢，標準發音雖為「생돈」，但大多唸做「쌩돈」。
양아치	做出不良行為的人，這種人所做的行為則稱「양아치짓（無賴行為）」。

79

《鬼怪》第 4 集　　　　　　　　　🎧 079

말 돌리는 거 보니
看他轉移話題的樣子

用　語	말 (을) 돌리다
變　化	말 (을) { 돌리는 / 돌려 / 돌립니다 }
釋　義	（為了避開困擾的主題）轉換話題。

📺 **劇中會話**

저승사자 무슨 각오를 어떻게 해야 돼 ? 스테이크 먹을래 ?
써　니 말 돌리는 거 보니 봐 준다 , 내가 .

陰間使者　我要怎麼做，做什麼覺悟？要吃牛排嗎？
Sunny　看你轉移話題的樣子，我就放你一馬吧。

說明

　　有時會為了避免尷尬或需要道歉的狀況而悄悄改變話題，這種行為便叫做「말 (을) 돌리다」，另外我們會對想逃避尷尬主題而轉移話題的人說：「말 돌리지 마 . (不要轉移話題)」然而，不直接提出某件事、繞圈子的行為也叫做「말을 (빙빙) 돌리다（拐彎抹角）」，因此須根據情況區別此兩種用法。

💡 **參考**　在口語時使用，說話時常省略「말」後方的「을」，僅使用「말 돌리다」。

例句

❶ 정국 별거 아닌 일로 이제 그만 싸우자 . 배고픈데 , 밥 먹으러
갈까 ?

正國 別再為這些小事吵架了，肚子好餓，要不要去吃飯？

슬기 괜히 말 돌리지 말고 잘못했다고 사과해 .

瑟琪 不要轉移話題，你要跟我認錯道歉。

❷ 정국 어 , 너 괜찮아 ?

正國 嗯，妳還好嗎？

슬기 속마음이 들키니 딴소리네 . 괜히 말 돌리지 말고 . 어제 무
슨 일이 있었던 거지 ?

瑟琪 你的心思被發現之後就在顧左右而言他，不要轉移話題，
昨天到底發生什麼事？

補充說明

봐주다
理解他人的情況或包庇錯誤。

80

《鬼怪》第 4 集　　　🎧 080

먼저 갈게요

我先走了

用　　語	먼저 갈게요
變　　化	먼저 { 갈게 / 가겠습니다 }
相似用語	먼저 { 들어갈게요 / 일어날게요 / 가 볼게요 }
釋　　義	（在職場上或日常生活中離別時）先行離開者對留下來的人所說的問候語。

📺 **劇中會話** ▪▪

덕　　화　먼저 갈게요 . (일어서서 카페를 나가고)

저승사자　(친구에게) 그쪽 분도 .

친　　구　(시키는 대로) 먼저 갈게 . (일어서서 카페를 나간다 .)

德　　華　我先走了。（起身離開咖啡廳）

陰間使者　（對著朋友）那位也是。

朋　　友　（按照指示）我先走了。（起身離開咖啡廳）

說明

──

　　互相道別時，離開者通常會對留下來的人說「안녕히 계세요 . （再見）」，但是在職場中，先下班的人對剩下的同事或後輩說「먼저 갈게요 .」，對上司說「먼저 가겠습니다 . ／가 보겠습니다 .」會更加自然。即使是日常見面的狀況，若在必須先離開座位時說「먼저 갈게요 .」

則能同時告知要先離開一事，是比「안녕히 계세요 .」更輕鬆親切的
問候語。

💡 **參考** 在口語時使用。

例句
----

❶ (직장에서 / 在職場)

직원 부장님 , 저는 저녁에 가족 모임이 있어서 먼저 가겠습니
다 .

職員 部長，我今天晚餐有家族聚餐，所以要先離開。

부장 그래요 , 내일 봐요 .

部長 好，明天見。

❷ (카페에서 / 在咖啡廳)

정국 (먼저 일어서며) 난 어디 들를 데가 있어서… 먼저 갈게 .

正國 (先起身) 我要順道去其他地方……所以要先走。

슬기 그래 , 또 봐 .

瑟琪 好啊，再見。

81

《鬼怪》第 4 集　🎧 081

별소리를 다 했네요

什麼話都敢說

用　　語	별소리를 다 하다
變　　化	별소리를 다 { 한다 / 하는구나 }
相似用語	별소리를 다 듣다
釋　　義	說出許多不合時宜或沒幫助的話。

📺 **劇中會話**

도깨비 너 , 나 별로라며 ? 나 되게 별로라며 !

鬼　怪 妳不是說我不怎麼樣嗎 ? 不是嫌棄我很差嗎 !

은　탁 제가 **별소리를 다 했네요** . 아저씨 되게 잘생기셨어요 . 원빈 닮았어요 , 진짜 .

恩　卓 我真是什麼話都敢說呢 , 大叔很帥啊 , 長得很像元斌 , 真的。

說明

　　意指「說出許多離譜的發言」, 大多用來反省自己說出不應該、不必要的話 , 或可於責怪他人時說「별소리를 다 하네 . (真是什麼話都敢說呢)」。恩卓在劇中使用這句話便是在反省自己過去評論鬼怪「되게 별로다 . (很不怎麼樣)」。

💡 **參考**　在口語時使用 , 發音時常將「별소리를」縮略為「별소릴」。

178

例句

❶ 선거 때면 이것도 저것도 해 주겠다며 별소리를 다 하지만 정작 당선되고 나면 그만이다 .

選舉時總是什麼事都願意承諾，什麼話都敢說，但等真的當選之後便是不了了之。

❷ **기자** 이야기를 참 잘하시네요 .

記者 您真的很會說話耶。

가수 오늘 옷 얘기에 , 커피 얘기에 , 제가 별소리를 다 하네요 .

歌手 今天聊了衣服，又聊了咖啡，我真是什麼都聊了呢。

補充說明

원빈 닮았어요

「元斌」是韓國代表的美男演員，因此恩卓在此處說「長得很像元斌」就是指「真的長得很帥」。

82

《鬼怪》第 4 集 🎧 082

이래 죽으나 저래 죽으나

不管怎麼樣都會死

用　　語	이래 V-(으) 나 저래 V-(으) 나
相似用語	이러나저러나
釋　　義	（表示不管透過什麼方式，結果都一樣）不論這樣做或那樣做。

📺 **劇中會話**

도깨비 　살려달라는 애가 이 집에 누가 사는지 보고도 들여보내 달래 ?

은　탁 　어차피 저 이 집 아니면 최소 객사 내지 아사예요 . 이래 죽으나 저래 죽으나 . 그냥 이 집에서 아름답게 죽을래요 .

鬼　怪 　妳要我救妳的命，但都看到誰住在這個家裡了，還要我讓妳進來嗎？

恩　卓 　反正如果我不住進這間房子裡，要不是客死他鄉就是餓死，既然不管怎麼樣都會死，我寧願在這間房子裡美麗地死去。

說明

　　表示不論怎麼做結果都一樣時，便會說「이래 V-(으) 나 저래 V-(으) 나」，而「이래 죽으나 저래 죽으나」可能是從韓國俗諺「한식에 죽으나 청명에 죽으나（不論在寒食節死去，或在清明節死去）」演變而來，這句俗諺的意思是「只差一兩天，但結果終究是一死」。劇

中的恩卓認為不論是在遠處的他鄉死去或是餓死，結果都一樣會死，
於是便說出「이래 죽으나 저래 죽으나」這句話。

💡 **參考** 另外也有「이래 죽으나 저래 죽으나 마찬가지」和「이래 죽으나 저래
죽으나 매한가지」的說法，說話時也可在後方接「마찬가지（相同）」
或「매한가지（沒什麼不同）」一起使用。

例句

❶ **남편** 　이래 사나 저래 사나 짧은 인생 , 한 번 살다 가는 거야 .

　 丈夫 　不論怎麼活，人生都一樣短暫，不過只是匆匆走一遭。

　 아내 　맞아 . 그러니까 우리 싸우지 말고 행복하게 살자 .

　 妻子 　沒錯，所以我們不要吵架，要幸福地生活。

❷ **친구 1** 　버스 탈래 ? 지하철 탈래 ?

　 朋友 1 　你要搭公車還是地鐵？

　 친구 2 　이래 가나 저래 가나 한 시간이 걸릴 텐데…

　 朋友 2 　不論搭什麼去，都一樣要花一小時啊……

補充說明

- **객사** 在非故鄉的遠方死去。
- **아사** 餓死。

83

《鬼怪》第 4 集　　🎧 083

한 번 죽지 두 번 죽냐？

人只會死一次，難道會死第二次嗎？

用　　語	한 번 죽지 두 번 죽냐
釋　　義	（大多用於感到危險的狀況下）反正每個人都只會死一次，要人別害怕、提起勇氣的意思。

📺 **劇中會話**

저승사자　（텔레파시）더 세게 나가. 한 번 죽지 두 번 죽냐?

도 깨 비　（손바닥으로 벽을 세게 친다.）

은　　탁　죄송하지만, 더는 못 기다려요. 제가 도깨비 신부라는 걸 알게 된 후로 내내 아저씨만 기다렸거든요. 아주 오래요.

陰間使者　（心電感應）再強硬一點，反正要死也就這一次而已啊！

鬼　　怪　（用手掌大力敲牆壁）

恩　　卓　抱歉，我不能再等了，自從我知道自己是鬼怪新娘後，就一直在等大叔，等了很久。

說明

　　即使是討厭或害怕的事，只要抱著「只會做一次，不會做第二次」的心態就不會那麼討厭或害怕了，多數人類最害怕的事就是死亡，因此「한 번 죽지 두 번 죽냐?」就代表「反正人只會死一次，要人不用害怕、提起勇氣」的意思。舉例來說，可以對挑戰高空彈跳卻因害怕而猶豫的朋友說：「한 번 죽지 두 번 죽냐?」。

💡 **參考** 大多在口語時使用，僅用於疑問句。

例句

----

❶ **정국** 나는 무서워서 번지 점프는 못 하겠어 . 너 혼자 해 .
   正國 我太害怕了，不敢高空彈跳，妳自己去玩吧。

   빈이 같이 하자 . 한 번 죽지 두 번 죽냐 ?
   小彬 一起跳嘛，反正要死也就這一次而已啊！

❷ 한 번 죽지 두 번 죽냐 ? 덤빌 테면 덤벼 봐 .
   反正要死也就這一次而已！你們儘管上吧。

補充說明

텔레파시

源自英文單字「telepathy（心電感應）」，指一個人的想法傳遞給另一個人的現象，使用方式如「텔레파시가 통하다（心靈相通）」或「텔레파시를 보내다／받다（傳送／接收心電感應）」。

84

《鬼怪》第 5 集　　　　　　　　　　🎧 084

속도 없이
心無雜念、不假思索

用　　語	속도 없다
變　　化	속도 { 없는 / 없다 / 없네 }
相似用語	속없이
釋　　義	沒有分辨事理的知覺、主見或沒有尊嚴。

📺 劇中會話

저승사자　잘 왔어 . 정말 . 잘 왔어 .
도 깨 비　반겨 주니 좋네 . 속도 없이 .
저승사자　(그 말뜻 알겠고, 죽을 힘을 다해) 너무 늦었지만, 많이 늦었지만, 9년 전에 했어야 했지만. 900년 전에 했어야 했지만… 이제야 하는 이 말을 용서해 주기 바래.

陰間使者　你回來了，真的，回來就好。
鬼　　怪　你這樣不假思索地歡迎我，真讓人開心。
陰間使者　(理解鬼怪的意思，用盡全力) 雖然已經太晚了，晚了非常多，9 年前就該說的，900 年前就該說的……但請你原諒我現在要說出的這句話。

說明

　　「속」指「心中的想法」，因此「속 없이」就代表「沒有想法」

的意思，使用時常如「속도 없이」一樣，會在「속」之後加上助詞「도」，這種用法強調人必須有自己的想法、主見或尊嚴，但該對象卻毫無想法或無法分辨事理。

例句

❶ 손 자 속도 없이 이런 풍경을 보니 좋습니다.

孫 子 像這樣心無雜念地看著這片風景，真是開心。

도깨비 나는 니가 속도 없이 이런 풍경을 보는 것이 좋다.

鬼 怪 我很開心你能心無雜念地看這片風景。

❷ 도깨비 미래가 바뀐 것인가, 신탁이 바뀐 것인가. 어찌 되었든, 돌아오니 좋구나. 속도 없이…

鬼 怪 是未來改變了，還是上天的旨意改變了，不論如何，回來的感覺真好，毫無懸念地……

補充說明

죽을힘

以死為決心，付出一切努力，使用方式多如「죽을힘을 다해서（用盡全力）」。

바래

「바라다（希望）」的變化型態－「바라」的錯誤寫法，相較之下在口語時更常使用「바래」。

신탁

神透過人類傳達自己的意思，或藉此回答人類的疑問。

85

《鬼怪》第 7 集　　　　　　　　🎧 085

다녀왔습니다

我回來了

用　語	다녀왔습니다
變　化	다녀왔어 , 다녀왔어요
釋　義	（大多用在回家或宿舍時）對家人或室友使用的問候語。

📺 **劇中會話**

은탁　다녀왔습니다 . 에고 , 힘들다 . 저 오늘 머리 너무 써서 완전
　　　피곤해요 .

덕화　시험 잘 봤어 ?

恩卓　我回來了，天啊，好累喔，我今天用了太多腦力，所以超累的。

德華　考試還順利嗎？

說明

　　韓國人見面時常說「안녕／안녕하세요 .（你好）」來問候彼此，
但回到家中或宿舍時則會以「다녀왔어／다녀왔어요／다녀왔습니다 .
（我回來了）」問候對方，這時原本待在家裡或宿舍的人則可用「왔
어？／잘 다녀왔어？（你回來啦？）」回覆對方。

💡 **參考**　大多在口語時使用。

例句

① 아내 （ 퇴근해 들어서면서 ） 여보 , 다녀왔어요 .
妻子 （下班回到家中）老公，我回來了。
남편 어 , 왔어요 ? 얘들아 , 엄마 오셨어 .
丈夫 喔，妳回來啦？孩子們，媽媽回來了。

② 룸메이트 1 （ 숙소에 들어서면서 ） 나 다녀왔어 .
室　　友 1 （走進宿舍）我回來了。
룸메이트 2 왔어 ? 오늘 뭐 했어 ?
室　　友 2 你回來啦？今天做了什麼啊？

86

《鬼怪》第 7 集

🎧 086

도움은 무슨

還說什麼幫忙

用　　語	N 은 / 는 무슨 , V/A- 기는 무슨
相似用語	N 은 / 는 개뿔 , V/A- 기는 개뿔
釋　　義	用來否定前一句話的可能性。

📺 **劇中會話**

도 깨 비 너 인생 그렇게 사는 거 아니다 ? 서로 다 돕고 살고 , 어 ?

鬼　　怪 你做人不能這樣，要互相幫忙，知道嗎？

저승사자 기억 하나 못 지우는 도깨비한테 도움은 무슨 .

陰間使者 一個連記憶都無法消除的鬼怪，還說什麼幫忙。

說明

　　「～ 은 / 는 무슨」大多用來否定前一句話，雖然「～ 은 / 는 무슨」和「～ 은 / 는 개뿔」的意義相近，但不滿的強烈程度並不如「～ 은 / 는 개뿔」。劇中的陰間使者便是以「도움은 무슨 .（還說什麼幫忙）」表示鬼怪幫不上忙。

💡 **參考**　在口語時使用，在莊重場合上不宜使用，也不宜對長輩使用。

例句

---

❶ 정현　너 남친 때문에 그렇게 다이어트하는 거야 ?
　貞賢　妳是為了男朋友才這樣減肥嗎 ？

　은탁　야 , 남친은 무슨 . 그런 거 아니야 . 건강을 위해 하는 거야 .
　恩卓　喂，說什麼男朋友，不是那樣的，我是為了健康才減肥。

❷ 정국　혹시 둘이 잘되어 가는 중이야 ?
　正國　你們倆發展還順利嗎 ？

　슬기　잘되기는 무슨… 쟤는 나를 여자로 보지도 않는걸 .
　瑟琪　還說什麼發展……他根本不把我當女人。

87

《鬼怪》第 7 集 　　　　　　　　　　🎧 087

됐고

夠了、算了

用　語	됐고	
變　化	됐고요	
釋　義	（對自己或對方說的話）終結前面的對話，用來轉換話題的句子。	

📺 **劇中會話**

써 니 과장이에요 , 그 사람 ?

은 탁 아 , 부장님이십니다 .

써 니 무슨 회산지 1초만에 승진을 하네요? 됐고, 옆에 있는 거 다 아니까, 전에 봤던 카페. 내일 오후 한 시.

Sunny 那個人是科長嗎？

恩 卓 啊，他是部長。

Sunny 請問有哪間公司可以在 1 秒之內升遷？算了，他在旁邊我都知道，之前見面的咖啡廳，明天下午一點。

說明

要結束前述話題並轉換下一個話題時，可使用「됐고」來收尾，劇中的 Sunny 說出「됐고」便是要求別再討論從科長升職到部長的事。

參考 在口語時使用，因轉換他人的話題可能會被視為無禮的行為，所以使用時須考慮和對方的關係。

例句

----

❶ 써　　니 나 제일 병들게 하는 분 제 앞에 계시네요 . 됐고 , 어디 가는데요 ?

　Sunny 最會害我生病的人就在我面前呢。算了，你要去哪？

　저승사자 회식 갑니다 . 빠지면 벌금 있어서요 .

　陰間使者 我要去聚餐，因為如果不去會被罰錢。

❷ 아들 게임 좀 더 하고 숙제하면 안 돼요 ?

　兒子 可以再玩一下遊戲再寫作業嗎？

　엄마 됐고 , 얼른 숙제나 해 .

　媽媽 夠了，快點去寫作業。

88

《鬼怪》第 7 集　　🎧 088

말 나온 김에

既然提到了

用　　語	말 (이) 나온 김에
相似用語	말이 나와서 말인데
釋　　義	剛好提起這種事。

📺 **劇中會話**

저승사자　더 좀 해 봐 , 말 나온 김에 .
도 깨 비　뭘 .
저승사자　니 얘기 . 어떻게 살았는지 . 어떻게 죽었는지 .

陰間使者　繼續說啊，既然都提到了。
鬼　　怪　說什麼？
陰間使者　你的故事啊，你過去是怎麼活的，又是怎麼死的。

說明

　　這句話代表話者對對方的發言有興趣，用來表達想繼續聆聽的意願，另外也有「我們既然開始這個對話了」的意思，換句話說，就是「既然我們已經開始對話，那就繼續深入聊天吧」，帶有勸說的意味。劇中的陰間使者想聽更多關於鬼怪過去的故事，所以用這句話讓話題自然地延續。

💡 **參考**　大多在口語時使用。

例句

❶ 앵커 이번 사태에 대해 김 의원은 상당히 차분한 태도를 보였습니다 . 말 나온 김에 박 교수님 반응도 볼까요 ?

主播 關於這次的事件，金議員展現了相當冷靜的態度，既然提到了，要不要看看朴教授的反應呢？

기자 네, 박 교수님은 SNS에 비판 의견을 올렸네요.

記者 是，朴教授在社群媒體上發表了批評的意見。

❷ 엄마 요즘 우유를 하나도 안 마셨네 ?

媽媽 你最近都沒喝牛奶耶？

아들 우유가 좋다고는 하지만 따로 먹을 일이 별로 없어서요 .

兒子 雖然我喜歡牛奶，但沒什麼機會能喝。

엄마 그래도 집에 있을 때 하루에 한 잔씩 마셔 .

媽媽 至少在家裡時一天喝一杯吧。

아들 알겠어요 . 말 나온 김에 한 잔 마실게요 .

兒子 我知道了，既然提到了，那我就喝一杯吧。

89

《鬼怪》第 7 集

🎧 089

뭔 놈의 우정이 5분을 못 가

哪來的友情連 5 分鐘都維持不了

用　　語　뭔 놈의 N

相似用語　무슨 놈의 N

釋　　義　（用來表達不滿的用語）非常微不足道或不滿意。

📺 **劇中會話** ▓▓▓▓▓▓▓▓▓▓▓▓▓▓▓▓▓▓▓▓▓▓▓▓▓▓▓▓▓▓▓▓▓▓

도 깨 비　야, 뭔 놈의 우정이 5분을 못 가. 그 얘길 하면 어떡해!

저승사자　아 , 니가 나한테 데려가 달라고 한 건 비밀이야 ? 난 몰랐지 .

鬼　　怪　喂，哪來的友情連 5 分鐘都維持不了，你怎麼能提這件事！

陰間使者　啊，你要我帶走的是祕密嗎 ？我不知道啊。

說明

　　「뭔 놈의 （什麼傢伙的）」可用來對後接名詞表達不滿或微不足道，劇中的鬼怪本相信陰間使者是自己的朋友，不滿他沒有保守秘密，因此用「뭔 놈의 우정」來表達兩人的友情不夠深厚、微不足道的意思。

💡參考　在口語時使用，屬於粗俗用語，在莊重場合上不宜使用。

例句

❶ 빈이   아직도 과제 하고 있어 ?

   小彬   你還在做作業嗎？

   정국   뭔 놈의 과제가 이리 많은지 , 해도 해도 끝이 안 보이네 .

   正國   哪來這麼多作業啊，怎麼做都看不到盡頭。

❷ 지구 종말인가요 ? 뭔 놈의 자연재해가 끊이지를 않네요 .

   地球要毀滅了嗎？到底哪來的天災，怎麼毫不間斷啊。

90

《鬼怪》第 7 集

🎧 090

얼굴에 딱 써 있죠 ?

都寫在臉上了吧 ?

用　　語　얼굴에 (– 다고) 써 있다
變　　化　얼굴에 (– 다고) 써 { 있는 / 있어 / 있습니다 }
釋　　義　（即使不說）臉上就顯現了所有想法和情緒。

📺 **劇中會話**

저승사자　써니 씨는 어떤 사람인지 궁금해서요 .

써　　니　저는 얼굴이 명함이에요 . **얼굴에 딱 써 있죠 ?** 예쁜 사람 .

저승사자　아 , 네… 그러네요 , 정말 . 받아가고 싶네요 .

陰間使者　因為我很好奇 Sunny 妳是怎樣的人。

Sunny　我的臉就是我的名片，我的臉上就有寫了吧？美人。

陰間使者　喔，是……真的耶，真的好想收下喔。

說明

　　未用文字寫下的想法或情感是不可見的，但有些人很容易把想法、情緒或想說的話顯現在臉上，這時我們就會說「얼굴에 써 있다 .（寫在臉上）」。舉例來說，當我們看到皮膚白皙、髮型整齊、戴著粗框眼鏡的典型模範生長相時，便會說「얼굴에 모범생이라고 써 있다 .（臉上寫著模範生）」，另外若想加強語氣，則可加上「딱（正好）」，改說「얼굴에 딱 써 있다（就寫在臉上）」。

💡 **參考** 以文法角度來看，應使用「쓰다（寫）」的被動型－「얼굴에 쓰이다／얼굴에 쓰여 있다（被寫在臉上）」才符合正確文法，但實際上較常使用「얼굴에 (딱) 써 있다」。

例句

❶ 그는 얼굴에 "내가 세상에서 제일 불행해." 라고 써 있었다 .
他的臉上就寫著：「我是世界上最不幸的人。」

❷ **정국** 하고 싶은 말이 있어 ?
正國 妳有話想說嗎？

슬기 없어 .
瑟琪 沒有。

정국 얼굴에 딱 써 있구만 , 하고 싶은 말이 있다고 .
正國 妳臉上就寫著妳有話想說啊。

《鬼怪》第 7 集

여기 잠들다 , 유신우

在此長眠，劉信宇

用　語	여기 (에) 잠들다
釋　義	（寫於墓碑的慣用語）表示死後被埋於大地之下。

📺 **劇中會話** ▰▰▰▰▰▰▰▰▰▰▰▰▰▰▰▰▰▰▰▰▰▰▰▰▰▰▰▰▰▰▰▰▰▰▰▰▰▰

이 생에서의 모든 순간이 선했던 자 . 여기 잠들다 , 유신우 .

這一生的每個瞬間都保持善良的人在此沉睡，劉信宇。

說明

　　「잠들다（入睡）」也有「죽다（死）」之意，因此韓國人的墓碑上會像「유신우 여기 잠들다（劉信宇在此長眠）」一樣，寫上人名加上「여기 잠들다（在此長眠）」。另外，關於死者的姓名與資訊在墓碑上經常會使用漢字表現，如「慶州 金公 吉童之墓（경주 김공 길동지묘）」。

💡 **參考**　只用於墓碑上。

例句

❶ 사랑하고 사랑받은 도깨비 신부 여기에 잠들다

愛人與受人喜愛的鬼怪新娘在此長眠。

❷ 한국 영화의 신화 신성일 여기 잠들다

韓國電影的神話 —— 申星一，在此長眠。

補充說明

- 선하다

- 正直善良。

92

《鬼怪》第 7 集

🎧 092

잠깐 저 좀 보시죠

你跟我談一談

用 語	잠깐 (저 / 나) 좀 보다
變 化	잠깐 (저 / 나) 좀 { 보시지요 / 봐요 / 보실래요 }
釋 義	有話要單獨和對方說，用來呼叫對方的用語。

📺 **劇中會話** ⋯⋯⋯⋯⋯⋯⋯⋯⋯⋯⋯⋯⋯⋯⋯⋯⋯⋯⋯⋯⋯⋯⋯⋯⋯⋯⋯⋯⋯⋯⋯⋯⋯

써　　니　잠깐 저 좀 보시죠 . 밖에서 따로 .

저승사자　네 . 가시죠 .

Sunny　你跟我談一談，在外面單獨。

陰間使者　好，走吧。

說明

　　「보다（看）」是有非常多種意義的多義詞，如「맞선을 보다（相親）」的意思就是「以一定目的為由的見面」。此場戲中，Sunny 的目的是想找陰間使者到外面單獨談話，所以對他說「잠깐 저 좀 보시죠 .（你跟我談一談）」，像這樣有話要說而呼叫對方時，雖然可以說「할 얘기가 있으니 나가서 얘기합시다 .（我有話要說，出去談一談吧）」，但一般更常使用「잠깐 저 / 나 좀 봐요 .（你跟我談一談）」。

💡 **參考**　在口語時使用，僅用於疑問句、命令句、勸誘句。

例句

❶ 과장 김 대리 , <mark>잠깐 저 좀 보시지요</mark> .
科長 金代理，你跟我談一談。
대리 네 , 하실 말씀 있으면 하세요 .
代理 是，您有話就請說吧。

❷ 정국 동욱아 , <mark>잠깐 나 좀 봐</mark> .
正國 東旭，你跟我談一談。
동욱 왜 무슨 일인데 그래 ?
東旭 怎麼了，有什麼事嗎？

93

《鬼怪》第 8 集

🎧 093

누구 맘대로

誰允許的

用　　語　　누구 맘대로

釋　　義　　（代表不得隨任何人的心意）用來表達絕對不可以的意思。

📺 **劇中會話** ▪▪

도 깨 비　　지은탁 오늘 죽을 뻔했어 .

저승사자　　그게 그 아이의 정해진 운명이면 할 수 없는 거야 .

도 깨 비　　누구 맘대로 . 내가 할 수 없는 건 내 죽음밖에 없어 . 내가 그 아이 때문에 이 세상 모든 인간의 생사에 한번 관여해 볼까 ?

鬼　　　怪　　池恩卓今天差點死了。

陰間使者　　如果她命中註定如此，那也沒辦法。

鬼　　　怪　　誰允許的，我無法控制的只有自己的死亡，要我為了那孩子去插手管全世界人類的生死嗎？

說明

　　這句話用來強烈反駁對方任意做出的行為或想法，深愛恩卓的鬼怪便是透過這句話表達絕不會放任恩卓死去的強烈意志，代表不論是誰，甚至是命運都不能置恩卓於死地。

💡 參考　在口語時使用。

例句

❶ 은탁 미쳤나 봐 . 남친이래 . 참 나 , 누구 맘대로 ? 나 좋아해 ?
치… 와… 어이없어 .

　　恩卓 他瘋了吧，居然說是男朋友，誰允許的？喜歡我？嗤……
哇……太傻眼了。

❷ 국회 법안 통과 ? 누구 맘대로 … 야당 "목숨 걸고 막겠다 ."
國會通過法案？誰允許的……在野黨表示：「會賭上性命阻止。」

94

《鬼怪》第 8 集

🎧 094

이 정돈 껌이지

這只是一點小事

用	語	N 은 / 는 껌이다
變	化	N 은 / 는 { 껌이지 / 껌이야 / 껌이겠다 }
釋	義	（就像嚼口香糖一樣，大多接在「이 / 그 정도는（這 / 那種程度）」之後）非常簡單之意。

📺 **劇中會話**

은 탁 　근데 아저씨 진짜 날 수 있네요 . 이렇게 보여달라 그런 건 아니었는데 .

도깨비 　이 정돈 껌이지 .

恩 卓 　不過大叔真的會飛耶，我其實不是要你示範給我看啦。

鬼 怪 　這只是一點小事。

說明

　　嚼口香糖不需要刻意付出努力，因此若想表達某件事像嚼口香糖一樣簡單，就可說「이 정도는 껌이다 .（這只是一點小事）」。鬼怪擁有超能力，在天上飛對他來說並不困難，而且他想在自己喜歡的恩卓面前誇耀自己，所以才說「이 정도는 껌이다 .（這只是一點小事）」。近期有人會刻意在社群媒體上傳自己挑戰難事的照片，並以開玩笑及虛張聲勢的語氣使用「# 이정도는껌이지／# 이정도는껌」等主題標籤。

例句

----

❶ **친구 1** 오 , 손재주 좋은데 전구 교체하는 거 쉽지 않은데 .

朋友 1 哇，你手很巧耶？換燈泡不容易耶。

친구 2 혼자 살다 보면 이 정도는 껌이지 .

朋友 2 一個人住習慣了，這只是一點小事啦。

❷ 피아노 콩쿠르에서 2년 연속 우승을 하고도 꾸준히 연습을 하는 정현이를 보며 친구들은 "3년 연속 우승은 껌이겠다?"라고 말했다.

朋友們看到連續 2 年在鋼琴大賽獲得冠軍仍持續練習的正賢，便對他說：「要連續拿下 3 年冠軍一定很容易吧？」

補充說明

손재주
用手製作或操作某樣事物的能力。

콩쿠르
源自法文單字「concours（競賽）」，為了分辨優劣而舉辦的比賽。

95

《鬼怪》第 10 集

🎧 095

얘기가 나와서 말인데

既然都提到了

用 語	(N) 얘기가 나와서 말인데
相似用語	말이 나와서 말인데 , 말 나온 김에
釋 義	用來轉換與前述內容相關的其他話題。

📺 **劇中會話**

써　　니　　알바생 ? 질문 잘했어 . 그 반지 , 무슨 뜻이었어요 ?

저승사자　　반지 얘기가 나와서 말인데 그 반지 좀 다시 돌려주시겠
어요 ? 전에 봤던 카페 . 내일 오후 한 시 .

Sunny　　工讀生 ? 問得很好，那個戒指有什麼意義呢 ?

陰間使者　　既然都提到戒指的事了，妳可以把那個戒指還給我嗎 ?
在之前見面的咖啡廳，明天下午一點。

說明

　　聊天過程中有時會想把話題引導到其他方向，這時若已有人提出
相關內容，再將欲延續的話題關鍵字（多為名詞）接上「~ 얘기가 나
와서 말인데（既然都提到~了）」，就能更自然地轉換話題。劇中的
Sunny 詢問戒指的意義，陰間使者接著並非回答戒指的意義，而是說
「얘기가 나와서 말인데（既然都提到了）」，並提出其他和戒指相關
的話題，要求 Sunny 將戒指還給自己。

💡 **參考** 在口語時使用。

例句

----

❶ 슬기 학점 잘 나왔어 ?

　瑟琪 成績結果還好嗎 ?

　정국 얘기가 나와서 말인데, 학점을 올리려면 어떻게 해야 돼 ?

　正國 既然妳都提到了，如果想提升成績該怎麼做呢 ?

❷ 정국 제일 좋아하는 음식은 뭐야 ?

　正國 妳最喜歡的食物是什麼 ?

　슬기 떡볶이 . 얘기가 나와서 말인데, 떡볶이 먹으러 갈래 ?

　瑟琪 辣炒年糕，既然都提到了，要不要去吃辣炒年糕 ?

補充說明

- **알바생**
- 「아르바이트생」的縮寫，指打工的人。

96

《鬼怪》第 12 集

🎧 096

다녀올게요

我出門了

用　　語	다녀올게요
變　　化	다녀올게 . 다녀오겠습니다
相似用語	갔다 올게 . 갔다 올게요 . 갔다 오겠습니다
釋　　義	（大多用在離開家或宿舍時）對家人或室友說的問候語。

📺 劇中會話

은　탁　（나가면서）**다녀올게요** .

도깨비　덕화가 데려다 줄 거야 . 오늘은 내가 다른 선약이 있어서 .

恩　卓　（一邊出門）我要出門了。

鬼　怪　德華會送妳過去，因為我今天有其他約了。

說明

　　在道別的時刻，離開的人常會對留下的人說「안녕히 계세요 .（再見）」，但從家裡出門時，則較常對留下來的家人說「다녀올게 . ／다녀올게요 . ／다녀오겠습니다 .」。另外，對同一宿舍的室友也可使用「다녀올게 .」來問候對方，這時留下的室友則可使用「잘 다녀와 . ／다녀와요 .（路上小心）」來回應。

💡**參考**　在口語時使用。

例句

❶ 남편　(출근하면서) 여보 , 다녀올게요 .
　丈夫　（準備出門上班）老婆，我要出門了。
　아내　애들아 , 아빠 출근하신대 .
　妻子　孩子們，爸爸要上班了。
　아내와 자녀들　잘 다녀오세요 .
　妻子和子女們　路上小心。

❷ (숙소에서 / 在宿舍)
　룸메이트 1　(나가면서) 나 도서관에 가려고 . 다녀올게 .
　室　　友 1　（一邊出門）我要去圖書館，我出門囉。
　룸메이트 2　응 , 잘 다녀와 .
　室　　友 2　嗯，路上小心。

補充說明

- **선약**
- 先前說好的約會或先答應的事。

209

97

《鬼怪》第 12 集　　🎧 097

전생에 나라를 구하셔서요
上輩子救了國家

用　語	전생에 나라를 구하다
變　化	전생에 나라를 구했나 봐
釋　義	（遇到令人羨慕的狀況，或對遇到好事的人所發出的讚嘆或羨慕之意）立下跟上輩子拯救國家一樣的大功。

📺 **劇中會話**

직원　예？ 사장님이요？ 몰라봬서 죄송합니다 . 근데 , 저한테 왜 이런 과분한 걸 주시는지…

職員　什麼？社長嗎？抱歉沒認出來，不過您為什麼要給我這麼貴重的東西……

사장　전생에 나라를 구하셔서요 .

社長　因為您上輩子救了國家。

직원　제가요？

職員　我嗎？

說明

　　在生命反覆輪迴的佛教思想中，我們相信人類擁有前世，且若前世做了好事，這輩子將會有福報，拯救國家並非人人都做得到，是非常了不起的事，因此當看見有人發生令人羨慕的好事，或結交品行端正、外表出眾的配偶時，就可使用「전생에 나라를 구했나 봐요 .（你

上輩子大概救了國家吧）」，用來表現對前述狀況的讚嘆或羨慕之意。
雖然劇中的職員是真的在上輩子拯救過國家，但他卻不記得了。

💡 **參考** 大多如「전생에 나라를 구했나 보다（你上輩子大概救了國家吧）」一樣，使用過去式。

例句

❶ **슬기** 남자친구가 생일이라고 BTS 콘서트 티켓을 구해줬어 .
   瑟琪 我男朋友說因為我生日，所以幫我買了 BTS 演唱會的票。

   정국 넌 아무래도 전생에 나라를 구했나 봐 . 어떻게 그런 남자
   를 만날 수 있을까 .
   正國 妳大概是上輩子救了國家吧，怎麼有辦法遇到這種男生呢。

❷ 가수 K 씨는 "팬 여러분들께 이렇게 큰 사랑을 받다니 , 제가 전
   생에 나라를 구했나 봐요 ."라며 환하게 웃었다 .
   歌手 K 某一邊笑一邊說：「我能得到粉絲這麼多的愛，大概是上
   輩子救了國家吧。」

補充說明

과분하다
超過符合自己的處境或水準。此場戲中的職員只是來面試，社長卻親自來找
他，並送他一間房子，因此職員才會慌張地說「저한테 왜 이런 과분한 걸 주시
는지…（為什麼要給我這麼貴重的東西……）」。

전생
在出生到這個世界之前所過的人生。

해가 중천에 떠 있고요
太陽還掛在正中央

用　　語	해가 중천에 뜨다
變　　化	해가 중천에 { 떴는데 / 떴어 }
相似用語	해가 중천이다 , 해가 중천에 걸리다
釋　　義	（太陽在天空正中央）正中午。

🖳 劇中會話

도깨비 너 지금 어디야 ? 지금 몇 신데 안 들어와 ? 이 험한 세상에 .
은　탁 지금 오후 다섯 시구요 . 아직 해가 중천에 떠 있고요 .

鬼　怪 妳現在在哪 ? 都幾點了還不回家 ? 這世界很危險啊。
恩　卓 現在是下午五點，太陽還掛在正中央。

說明

　　「중천」指「天空的正中央」，太陽要等正午十二點才可能掛在天空的正中央，若想催促過了早晨還在賴床的人，就會說「해가 중천에 떴다（太陽已經掛在正中央了）」。但劇中的這句話並非使用原意，而是鬼怪認為時間太晚了，催促恩卓趕快回家，恩卓卻認為離太陽下山還有很多時間，於是回覆他「아직 해가 중천에 떠 있고요 .（太陽還掛在正中央）」。

例句

❶ **엄마**　어서 일어나렴 , 벌써 해가 중천에 떴어 !
　　媽媽　快起床，太陽已經掛在正中央了！
　　딸　좀만 더 잘게요 .
　　女兒　我再睡一下。

❷ 방학엔 애들이 너무 게을러지는 거 같아 . 해가 중천에 떴는데도
　작은 아들은 아직 침대에서 뒹굴뒹굴하고 있어 .
　孩子們放假時好像越來越懶惰了，即便太陽已經掛在正中央，小
　兒子還是賴在床上。

補充說明

다섯 시구요

「다섯 시고요」的錯誤寫法，在口語時亦會將「- 고요」說成「- 구요」。

뒹굴뒹굴하다

不起床，躺在床上滾來滾去。

99

《鬼怪》第 13 集　🎧 099

그저 그들의 검은 욕망에 손을 들어줬을 뿐

我只是支持黑暗的慾望而已

用　　語	손을 들어주다
變　　化	손을 들어 { 주는 / 주어 / 줍니다 }
相似用語	편을 들다
釋　　義	（在訴訟、比賽、爭吵等當中）袒護或支持某人。

📺 **劇中會話**

저승사자　년 악귀로구나 . 인간의 어두운 마음 , 악한 기운을 빼앗
　　　　　아 살아남는구나 .

중　　헌　나야 그저 그들의 검은 욕망에 **손을 들어줬을** 뿐 .

陰間使者　原來你是惡鬼啊，搶奪人的黑暗之心、邪惡氣息而存活。
仲　　憲　我只是支持他們黑暗的慾望而已。

說明

　　拳擊比賽中裁判會舉起其中一方的手，代表該方為贏家，因此在
爭吵時舉起某人的手，就代表偏袒那一方的意思。劇中的朴仲憲一聽
見陰間使者說自己是惡鬼，便立刻狡辯自己只是和懷有邪惡之心的人
們站在同一陣線而已。

例句

❶ 대통령이 누구의 손을 들어줄지 관심이 집중됐지만 , 일단 직접적인 개입에는 선을 그었다 .

雖然大家十分關注總統會支持哪一方，但他已表示不會直接介入這件事。

❷ 1 심부터 2 심까지 우리가 전부 패소했으나 , 대법원은 이를 완전히 뒤집어 우리의 손을 들어주었다 .

雖然我們從一審到二審皆拿下敗訴，但最高法院卻顛覆先前的結果，選擇站在我們這邊。

補充說明

악귀

危害人們的邪惡鬼神。

《鬼怪》第 14 集

🎧 100

피하는 게 상책인가 ?

走為上策嗎 ？

用	語	V‐ 는 게 상책이다
變	化	V‐ 는 게 { 상책인 / 상책입니다 }
釋	義	最好的方法。

📺 **劇中會話** ||||||||||||||||||||||||||||||||||||||||||||||||||||||||||||||||||||||||||||||||||||||||||||||

은　탁　이번엔 왜 웃어요 ?

도깨비　몹시 좋아서 . 이런 순간이 믿기지 않아서 . 모든 게 완벽해
　　　　서 .

은　탁　뭐지 ? 피하는 게 상책인가 , 그냥 ? 어느 쪽으로 가세요 ?

도깨비　또 가네 .

恩　卓　這次又是為什麼笑呢 ？

鬼　怪　因為很開心，這個瞬間讓我不可置信，所有一切都太完美
　　　　了。

恩　卓　怎麼回事 ？我應該走為上策嗎 ？你要往哪走 ？

鬼　怪　你又要走了。

說明

　　「상책（上策）」指的是「最好的方法」，若在某件事發生時說
出「피하는 게 상책 .（走為上策）」，代表最好不要對對方的行為做

出反應，直接避開當下的情況是最好的方法，使用型式如「V- 는 것이 (게) 상책이다」或「N 이 상책이다」。

例句

---

❶ 슬기 봄엔 꽃가루 때문인지 먼지 때문인지 , 비염이 더 심해지는 거 같아 .

瑟琪 不知道是因為春天的花粉還是因為灰塵，我的過敏性鼻炎好像更嚴重了。

예진 꽃가루든 먼지든 일단 피하는 게 상책이야 .

藝珍 不管是花粉還是灰塵最好都先避開。

❷ 정치인이 범죄를 저질렀으면 정치에서 물러나는 게 상책이다 .

政治人物若犯了罪就最好退出政治圈。

索引 찾아보기